세상 사람이 원하는 것

세상 사람이 원하는 것

이상원

새미

What the World Wants

by Lee, SangWon
(zenlotus3@gmail.com)

Published in Seoul, Korea in April, 2024

시인의 말

커서가 깜빡거린다.
화면은 광활한 여백이다.
얼마나 시간이 흘렀을까?
마침표 하나 찍기가 이렇듯 어렵다.
여기까지,
언어는 늘 부족하다.
온 몸에 힘을 빼고 나서야
비로소 다시 시작할 수 있으리라.
여백은 또 어떤가?
시의 행간이 움츠러든다.
여전히 모자란다.
맹물 같은 시를 쓰고 싶지만,
뭔가 개운하지 않다.

2024년 4월 28일,
촉석루 보이는 초명암에서
이상원

목차

제2부

제5부

제1부

한 끼의 의식

대초원의 뙤약볕 아래,
성스러운 한 끼의 식사가 왔다.
모든 존재는 버둥거리며 발을 허우적거린다.
숨이 끊어지지 않은 얼룩말,
방금 줄무늬 목덜미에 붉은 피 튀어오르고
사자는 살덩이를 죽 찢어 우적우적 씹어버린다.
한 차례의 의식은 다른 의식으로 이어진다.
하이에나, 흰머리독수리, 늑대, 까마귀, 개미를 위한
한 끼의 성찬으로 이어진다.
초원은 잔인하지 않다.
그냥 자연 그대로 표정조차 변하지 않는다.
오직 풀이 모든 목숨을 먹여 살린다.
풀은 얼마나 성스러운지.

은방울꽃

비탈진 생애다.
외진 골짝에 생살 드러내고
홀로 꽃 피운 까닭은
바람 불어오는 쪽으로 방울 울리며
향기를 전하고 싶을 뿐,
모진 추위 견디고 꽃대 올리며
안으로 간직한 울음들,
이제 비로소 세상으로 나가 종을 울린다.
푸르게 잠자는 것은 숲의 일이 아니다.
봄마다 까칠한 입술로
가쁜 숨 헐떡이며 예까지 왔다.
숲은 풀 한 줌도 포기하지 않는다.
아무리 푸른 힘이 허약할지라도
그냥 두고 보지 않는다.
숲은 어쨌든지 싹을 밀어올린다.
깊숙한 땅 속 어둠을 뚫고
꽃은 끊임없이 종을 울리며
풀 더미 속에서도 얼굴을 내민다.

하얀 종이 울린다.
숲이 울린다.

노자老子

물에는 귀가 산다
물속에 살며 물소리 들으며
귀는 점점 커진다
물결이 지는 여울목 근처를 지날 때는
두 귀 쫑긋 세우고
젖은 그늘에 몸 바짝 붙인다.
물에 비친 산 그림자를 즐기다가
장끼와 까투리 흘레붙는 재수 좋은 날,
마른 햇볕에 투명한 귓볼을 말린다
근처 마애불의 이마 불그레해지는 석양 무렵,
물의 귀는 하얗게 질리다가
어둠의 귓밥으로 점점 먹먹해진다
물의 귀는 시간 따라 순하게 흐르다가
점차 하류로 나아간다

결투

결연하다
주먹은주먹을쓰러뜨리지못한다
무기는비겁한자의변명이지만
적어도칼이나총이라면한결수월할것이다
둘중에하나는죽어야하고반드시끝장을보아야한다
사느냐죽느냐
모두태어난순간부터죽어가기시작한다
살아있는동안점점죽음으로다가가는길위에서있다
단한번의결투
하늘은잔인한승부를즐기는지
최후의시간이임박하다
나는지금결전장에서있다
홀로서서시간을마주노려보며나는방아쇠를당긴다
총신은ㄷ자처럼구부러져나를향하여있는걸몰랐다
화약연기가뭉클올라오며
방금내가쓰러졌다
학생부군신위앞에빈총이녹슨채놓여있다
향한개비피우는동안나를보낸다

세석평전 지나며

네 이름은 겸손하다.
세상 사람들이 흔히 말하는
'잔돌밭'은 얼마나 평범한 이름인가.
철쭉으로 피는 수많은 영혼들,
지리산 골골 날아다니던 신출귀몰한 발자국들,
빨치산 근거지가 되기도 하고
산신령 놀이터가 되기도 하던
네 언저리는 민족의 붉은 핏방울 삭아
지금 수놓은 듯 꽃 주단으로 산을 덮었구나.
천왕봉 기어오르는 철쭉의 군단들,
봄 무르익으면 산은 꽃 몸살을 앓는다.
오뉴월 붉은 능선에 올라 차라리 눈을 감는다.
온갖 새와 곤충 그리고 산짐승들아,
더구나 고개 숙일 줄 모르는 사람들아,
여기 산문에 이르거든
누구나 수문장에게 머릴 조아릴지니
늙은 소나무가 그대를 반기리라.
푸릇푸릇한 그늘진 숲길 걸으면

바람 불어 연둣빛 나뭇잎 흩날리고
산그늘에 어른대는 그림자는
지리산 푸근한 계곡물에 얼비친다.
청정수 흐르는 영신봉 아래,
가끔 산노루가 물 찾아 숨어들 때
낙엽 쌓인 비탈에 놀란 발자국 소릴 듣고
검은물잠자리와 산나방이 팔랑거리며 길을 물러난다.
묵직한 바위 틈새 거친 산길 빠져나오면
드디어 열리는 산의 가슴을 보라.
나무와 풀, 짐승에게 아낌없이 내주는
가장 낮은 자세로 베푸는 자비로움을,
여기 잔돌밭에 오거든 마음 내려놓아라.
숲 속 친구들처럼
겸손하게 세상을 지탱하라.

대화

깊은 산 속,
구부정한 늙은 모과나무가 있었다.
한 나무꾼이 나무 아래 앉아 쉬며 혼자 중얼거렸다.

(너는 산중에 머물며 왜 저잣거리로 나오지 않느냐?)

그러자 모과나무가 답하듯
바람에 이파리 하나를 떨구었다.
놀랍게도 거기에는 시 한 수가 적혀 있었다.

"누군지 모르지만
바람의 인기척이 따스하네
산중에 무엇이 있는가
산머루랑 벗 삼아 흰 구름이나 구경하고
다만 스스로 즐길 뿐,
그대에게 이걸 드릴 수는 없소이다."

우연

돌맹이 한 개가 날아들었다.
사람이 맞아 죽고 돌맹이는 증거물로 수습되어
수사본부의 증거보관실로 들어갔다.
여기까지 우연은 한 가지도 없다.
우연은 사람의 핑계거리일 뿐.
남에게 돌 던지지 마라.

세계는 지금

땅이 찢어지고
사람이 죽었다
또 사람이 죽었다
사람들이 마구 죽어나갔다
우리 형제들이 죽어서 짐승처럼 버려졌다
처음에는 하나, 둘, 세다가
어느 순간부터 세는 걸 그만두었다
모두가 그저 모른 체 망각하거나
애써 태연한 척 무관심하게 되었다
전쟁의 셈법은 냉담하다
땅은 그대론데
다른 금을 긋고 있다

뒤늦은 깨달음

눈에 일렁이면
당장 붙잡을 것 같지만,
손아귀 힘껏 쥐면 쥘수록 모조리 빠져나가는
나에게 온 저것들은 다 무엇인가?
풀인 듯 풀이 아니고,
나무인 듯 나무도 아닌 것이
안개인 듯해도 안개도 아닌 것이
내 마음 속에 찾아왔다가
떠난다는 말도 없이 떠나간
사랑도, 언약도, 그 사람도
모든 것은 그렇게 사라졌다
마치 꿈결처럼 와서 잠시 머물다
해질녘 땅거미처럼 사라지고 다시 찾을 길 없는
도저히 그릴 수 없는 저것,
내가 평생 본 것은 아지랑이였구나.

동국선원

지리산 줄기 이름 없는 어릿한 계곡,
작은 선원은 숨은 듯
산길 천천히 올라가다 보면
추녀 한쪽 흘깃 내보이더니 이내 당도한다.
골바람에 풍경 은은하게 짤랑거리고
일주문도 아닌 종각이 개울을 베고 앉아
주야장천 물소리 듣고 있는 곳,
암자 노스님은 혼자 사는데
차 맛은 물맛이라며 맑은 차를 내준다.
찻잔 속에 벚꽃 이파리 날아들고
산동박새는 평소 산책하던 오솔길 버리고
꽃비 내리는 장독대에 서성인다.
분분히 날리는 연분홍 꽃보라,
암자가 지워진다.

옛날 호롱

구석에 처박혀
무슨 생각 그리 골똘하게 하는지,
내 집에 온지 아마 반백년도 넘었으리라.
눈길 한번 제대로 주지 않았으니
넌 참 인복人福이라곤 없구나.
심지에 까만 검댕은 그대로인데
네 마음의 심지에다
불 밝힐 날은 언제쯤 될까?
하긴, 내 마음조차
작은 등불 켜본 지 너무 오래 되었으니
너와 나,
우리 둘 다 참 징글맞게 살아왔네.

걷는 사람*

나무가 걷는다.
숲에서 태어나 걷고 떠난다.
무대 위에 앙상한 나무 한그루
뼈만 남은 사람의 형상으로
해답 없는 의문을 품고 길을 나선다.
절망도 희망도 없는지
허깨비를 쫓으며 오늘도 바쁘게 걷는다.
비쩍 마른 나무가 또 걸어간다.
입술 꾹 다물고 욕망의 잎 다 떨군 채
서쪽 하늘가 무리 진 황혼을 따라
서있기 버거워 보이는 아찔한 자세로
금방이라도 쓰러질 듯,
그럼에도 걷기를 멈추지 않는다.
아주 마른 길쭉한 시옷 자를 닮은
나뭇가지보다 뻣뻣한 사람이 걸어간다.
기껏 가지에 살점을 발라놓은 듯
금방 무너질 듯해도 나약하지 않다.
쉬지 않고 걸어 그곳으로 간다.

부르튼 발바닥에 물집이 잡혀 쓰릴지라도
결의에 찬 시선은 바닥을 보지 않는다.
물의 투명한 대답을 듣기 위하여
나무는 제 뿌리를 뻗어 흙덩일 껴안는다.
어떤 길이라도 좋다.
같이 걸어가자.

*걷는 사람(L'homme qui marche); 1961년 스위스 조각가 알베르토
  자코메티(Alberto Giacometti)가 만든 청동 조각품 이름.

왕오천축국전 별기

두루마리 한 뭉치가
혜초의 바랑에서 쏟아졌다.
이제까지 밝혀지지 않은 오래된 고문서에는
놀라운 비밀이 있었다.
여러 번 죽을 고비를 넘긴 뒤에
천축국*에 이르러 싯다르타를 만났다.
성자가 입멸하고 나서
그 빛나는 정신을 만나고,
먼저 걸어간 순례의 여정을 그대로 따라갔다.
일기에는 첫 만남의 놀라운 광경이 기록되었다.

하늘이 열렸다.
나의 깜깜한 눈이 열리자,
천하가 한꺼번에 쏟아졌다.
마침내 허공이 허공 아님을 알고
내가 허공임을 알아차렸다.

*천축국天竺國; 예전 '인도印度'를 이르던 말.

귀가시간

마지막 시간은 멀지 않네.
조만간 어둠 속에 모두 잠기고 말리라.
안녕, 너무나 짧은 찬란한 빛이여!
밤의 귀는 활짝 열고 엿듣고 있지.
음산한 길고양이 울음이 골목 전신주를 돌아
바닥에 구르는 낙엽의 신음을 덮어준다.
관에다 못을 박는 달빛은 지칠 줄 모르고
하늘의 투명한 망치질은 쉬지 않는다.
보이지 않는 시간의 손은 무자비하여라.
얼마 남지 않은 시간,
고통스러운 남은 밤을 견디려면
생각의 깊이를 허물고 단순해져야 하리라.
세상은 기껏해야 무덤인 걸 아는지
누구든지 무덤가로 향하는 유령이므로
가장 단순한 사실을 인정해야 하리라.
마지막은 그렇게 곁에 바짝 붙어있다.
헛것을 잡고 헤매다가
지금은 집으로 돌아가는 시간,

무기의 그늘

세계 곳곳에 전쟁이 이어진다.
뉴스에는 전장의 상흔이 총탄처럼 쏟아진다.
폐허가 된 시가지와 개활지에 널브러진
전차와 전투기의 잔해와 고철덩어리들,
그간의 처참한 전투를 말하고 있다.
가늠쇠 위에 증오와 불신을 올려놓고
적을 겨누는 차가운 총구,
방아쇠를 당기자마자
총신은 부르르 떨며 화약연기를 뿜고 자지러진다.
광기에 사로잡힌 총구의 역사는
오래된 영화필름처럼 반복하여 돌고
맹목적 폭력은 단말마의 비명을 지른다.
지옥이 바로 여기다.
'전쟁'이란 단어 속에는 승자가 없다.
어느 쪽도 승리를 쟁취하지 못하고 패배만 있을 뿐,
야만으로 치닫는 광란의 도박인가?
러시안룰렛처럼 목숨 걸고 방아쇠를 당기지만
발사횟수와 시간이 늘어날수록 최후의 승자는 없다.

승률에 가려진 총구의 역설을 기억하라.
무기의 우울한 그림자는
잠시도 죽음의 화약 냄새를 떠난 적 없다.

눈독

내가 눈독들이면 모두 폐허다.
그 꽃도, 그 나무도, 심지어 그 여자도
모두 네게로 와서 떠나고 말았다.
눈독 들인 순간부터 한결같이 무너져내렸다.
이제 나는 눈독들이지 않는다.
그냥 무심한 듯,
오든 가든 지극히 무심하다.
오직 무심한데 눈독들인다.
눈독마저 풀어버린다.

독수리 부리

독수리 부리는 무기가 아니다.
연약한 입술이 허기를 면하기 위하여
오래 진화한 시간의 꽃이다.
부리는 생명을 쪼아대는 꽃이며
강인한 독수리의 정신이다.
날개를 한껏 펼치면 꽃은 긴장한다.
수직으로 내리꽂히는 중력을 견디며
날카로운 발톱이 순간을 낚아챈다.
저 아래 토끼가 사력死力을 다해 날쌔게 뛰지만
꽃은 파열하기 직전까지
파르르 떨며 생명을 거둔다.
마침내 꽃의 시간이다.
산이 울면 들이 웃지만
들이 울면 산이 웃는다.
쫑긋한 귀는 토끼의 꽃이지만
억센 부리는 독수리의 꽃이다.
세상의 꽃은 상대적이다.

동백

　너는 피 흘리며 온다. 겨울 추위 뚫고 선연하게 온다. 추울수록 더 진하고 큰 꽃잎 달고 바닷바람 맞받아도 꿋꿋하게 온다. 선지보다 더 붉은 꽃망울 터트릴 즈음 나는 꽃 몸살한다. 해마다 이맘쯤 열이 오르고 눈은 충혈되어 밥맛도 잃는다. 네 붉게 진 그늘마다 신열身熱이 넘친다. 떨기채 지는 네 고약한 성미 때문에 안절부절못한다. 차마 발 디딜 곳 없는, 네 꽃 진 자릴 피해 걸음 옮기느라 어지럼증난다. 바람에 나부끼는 하늘의 발걸음을 되밟아 동박새가 운다. 동백 숲 오솔길에 붉게 진 열망熱望을 보며 왜 나도 너를 따라가고 싶은지. 동백, 한 철은 내내 왈칵 쏟아지는 설움이다. 동백꽃 떨기 채 진 자리마다 핏빛 울음이 고인다.

빈 의자의 꿈

오래 앉아있구나.
빈 의자는 누구도 기댄 적 없는
등받이를 내주기 위하여
노숙의 바람이 읽는 항간의 소식을 듣는다.
네 꿈은 밝은 태양 아래
희망과 자유로 가득 찬
좋은 세상을 상상하는 것이다.
지금, 여기 흘러가는 시간을 바라보라.
얼어붙은 땅 근근이 뿌리 내린 나무 아래
별로 달갑잖은 모습이 전부다.
썩은 잎사귀와 개똥들이 뒤덮여 있을 뿐,
어느 날 꿈은 권력의 그늘에서 시들어가고
예측할 수 없는 일기예보로 불안하다.
어두운 그림자 서성이는 우울한 시대,
꿈을 지키기 위하여
빈 의자의 주인이 되어야 한다.
이제 네 자리는 너의 것,
오직 무심한 바람이 앉을 수 있다.

시인의 땅

홀로 황무지를 갈아엎지만
궁핍마저 메말라 갈라 터졌네.
눈앞에 어른대는 공중에 쓴 글자들
어디론가 흩어져 사라진다.
씨 뿌릴 땅마저 빼앗기고
마른 가뭄에 입술이 갈라터지고
이웃 없는 세상은 더 쓸쓸해져가네.
이젠 쓸모없는 시인이 되어버린 걸까.
하지만 누군가는 여전히 이 땅에서 살아가리라.
지금도 삐딱하게 알 수 없는 글자를 써내려가지만
아무도 읽지 않는다.
하늘가 써놓을
마지막 한 줄을 위하여
가난한 시인은 고랑을 판다.
시의 고랑이 깊다.

생각의 크기

조난당한 코끼리 생태공원 사육사는 코끼리보다 작고 연약한 동물을 보지 못했다고 생각한다. 흔히 코끼리를 힘센 동물이라 여기지만 여기서는 평화로운 존재일 뿐이다. 코끼리 똥 섬유질만 걸러 종이를 만들어 구호기금으로 쓰는데 생각의 초원은 얼마나 신비로운가! 코끼리는 한 장의 종이 위에 설 수 있을까? 생각의 넓이는 어깃장을 놓고 여기저기 갈등의 불씨를 지핀다. 세계는 너무 낡았다. 한 장의 낡은 지도를 펼쳐놓고 끊임없이 야만의 전쟁을 벌인다. 코끼리가 무너진다.

호모 콰렌스*

태초에 질문이 있었다.
물음표는 왜 이 모양일까?
무릎에 턱을 괴고 골똘한 자세를 취한
미륵보살반가사유상을 닮았다.
질문은 인간의 운명이다.
나는 누구인가?
무엇을 위해 살아가는가?
나는 어디로 가는가?
진리는 무엇인가?
나는 왜 사랑하는가?
왜 끊임없이 질문해야 하는가?
모든 질문은 대답을 부른다.
침묵은 훌륭한 대답이다.
이때 침묵은 중립을 지키며
모든 차별을 쓸어버린다.
마치 숫자 0 같다.
아직 찾지 못한 답을 향해 나아가고
끝없이 묻기 때문에 질문하는 인간이다.

나는 오늘도 묻는다.

*호모 콰렌스(Homo Quaerens); 질문하는 인간.

물항아리

평생 이룬 것은 무엇인가?
빈 속에 작은 허공이 운다.
물소리처럼 한참 흐느끼고 나서
들썩이던 둥근 어깨가 말끔히 가라앉는다.
항아리에는 보이지 않는 금이 가고
언젠가는 바싹 깨지고 말겠지만,
슬픔의 수위가 낮아질수록
깨달음은 불현듯 오는 것인가.
속에 간직한 것이 대단한 것인 줄 알았으나
말짱 헛것이다.
오직 속에 부글거리던 저것은
적막이었다.

택배

하느님은 얼마나 바쁠까?
매일 저 햇볕과 비와 바람,
눈, 천둥, 번개, 무지개를 집집마다 배달하느라,
게다가 사람마다 서로 다른 소원을
일일이 배달하느라,
눈코 뜰 새 없지 않은가?
오늘 한 노인의 집에 택배상자가 왔다.
하느님이 거두어갈,
마지막 반품이다.

시간의 역설

시간만큼 역설적인 게 있을까?
시간은 아무리 써도 줄어들지 않는다.
쓰면 쓸수록 처음보다 더 많이 남아있고
아끼면 아낄수록 이상스레 똑같이 남아있다.
가장 빠른 시간은 늘 늦고
가장 늦은 시간은 늘 빠르다.
시간은 영원히 사라지지 않고
영원히 생겨나지도 않는다.
시간은 물처럼, 공기처럼 흐를 뿐,
시간은 약이 아니라 망각이 약일뿐,
사람의 생각을 가두는 영원한 감옥이다.
누가 신을 창조했듯이
모든 사건을 포로로 잡아
공포의 수갑을 채운다.
시간은 무시무시한 목구멍이다.
모든 것을 한꺼번에 삼키는 아귀의 아가리,
시간은 거대한 허기다.

명의

의사는 늘 하던 대로

심장이 좋지 않은 환자에게

청진기를 가슴에 대고 말했다.

언제부터 이상을 느꼈나요?

그런데 좋은 의사는 누굴까?

무엇보다 환자의 마음에다 청진기를 댈 줄 안다.

계단

어느 날,
계단을 오르다가 앞이 캄캄하였다.
층계 하나를 올라가면
또 다른 층계가 이어지는데
중간에서 그 층계가 증발하였다.
계단은 공중에서 끊긴 채 바들거렸다.
비명을 지르며
내게 더 오르지 말라고 손을 내저었다.
아찔하다.
다시 내려가야 하나,
속으로 빠르게 상황을 판단하지만
너무 황당한 일 아닌가!
나의 생애도 이렇다.
지나고 보니
내 아픈 반생이 허공에서 끊긴 채
대롱거린다.

숲 속 도서관

나무는 한 권의 책, 숲은 도서관이다. 계절마다 도서관은 새로운 책을 비치하기도 하고 또 낡은 장정이나 표지가 떨어진 책은 폐기처분하기도 한다. 도서관의 수장고에는 아직 열람하지 못한 책들이 무수히 많다. 온갖 새들과 곤충들, 그리고 사람들이 즐겨 찾아와서 책을 읽거나 마음의 산책을 즐기다가 간다.

숲속 도서관은 휴관하는 날이 없다. 때로 빈 서가가 보이기도 하지만, 곧 무성한 여름이 오면 그곳은 어김없이 가지가 죽죽 뻗어나가 울창하게 숲을 채울 것이다. 가을이 되면 낡은 장정을 버리고, 겨울 밤 눈 내리는 날이면 서가에 꽂힌 책들은 하얀 꿈을 덮고 눈동자를 깜빡거린다.

숲의 열람실은 쉬지 않고 누구에게나 늘 열려있다. 온갖 나무의 팔들은 하늘로 뻗어나가 새들과 곤충을 한데 불러 모은다. 푸른 무릎 아래 풀들이 바람에 흔들리며 자욱하다. 뿌리를 덮고 흙을 기름지게 하는 숲은 생명의 쉼터이자, 정신의 고향이다. 고요히 열린 문을 통해 새로운 세상으로 들어가는 영혼의 안식처다.

앵무새

가- 하면 가,
나- 하면 나,
말이 떨어지자마자 모이 집어먹듯
흉내 내기 바쁘다.
앵무새가 왔다.
내 집에 봄도 같이 들여왔다.
이제 봄- 하면 봄이라고 따라한다.
한글 공부하는 카드를 다 따라한다.
금빛 조롱 안의 앵무새는 날지 못한다.
그냥 주는 먹이만 먹을 줄 안다.
다른 새처럼 자유를 모른다.
새장 밖은 아예 나갈 생각도 않는다.
길든 앵무새는 제가 참 잘하는 줄 안다.
아주 비범한 줄 안다.
숲속의 백성이 되려면
던져주는 모이를 뿌리치고
좁은 새장을 벗어나야 하리라.
차라리 바람의 소리를 따라가라.

마음에 길든 앵무새를 죽여라.
그래야 숲의 백성이다.

침에 대한 좌우명

침 뱉지 마라. 누워서는 더욱 뱉지 마라. 하늘에 채 닿기도 전에 네 자신에게 떨어진다. 어여쁜 여인이나 탐스런 물건을 보더라도 침 흘리지 마라. 네 번지르르한 입술에 침 바르지 말고 그냥 곧장 진실의 중심으로 들어가라. 마르지 않는 침으로 남을 칭찬하고, 우표의 뒷면에 기꺼이 침 발라 사랑의 편지를 보내라. 누가 침을 더럽다고 하였느냐? 어머니는 어린 네 눈에 든 티를 당신의 침으로 핥아주셨다. 침은 지극한 사랑이다.

제2부

두루마리 화장지

전생은 파란만장, 그 자체다.

먼저 숲이 왔다. 나무가 여러 그루 쓰러지고 베어졌다. 하얀 속 살로 세상에 나와 외진 구석에서 몸을 둥글게 말고 기다렸다.

누가 찾아오기라도 하면 모진 능욕을 견뎌야 한다. 순결한 몸에 온갖 더러움을 닦고 쓰레기 통속에 널 던져버린다. 구겨지고 더럽 혀진 인생을 보며 왜 네 몸은 한두 마디씩 갈가리 찢어져야 하는 지, 비명조차 지르지 못하고 전생을 그리워해야 하는지.

푸른 하늘 아래 연두빛 잎을 피우던 고향의 숲은 이제 없다. 오 직 그 숲으로 돌아가기 위해서 더러움을 묻고 거름이 되어야 한 다. 몇 겁을 더 살아 환생해야 하는지,

둥근 생의 소용돌이가 아득하다.

거미

기다리는데 이골이 났다.
간밤 쳐놓은 줄에 매달린 아침 이슬
햇살에 반사되어 영롱하다.
거미줄 길게 늘어뜨리고 호시탐탐 노린다.
이슬 한 방울 대롱거리는 아찔한 절정의 순간,
위태로운 찰나가 비친다.
바로 저것이다.
지금 그대로 줄을 흔들어 칭칭 감아버린다.
꼼짝달싹할 수 없는 먹이를 향하여
아주 천천히 기어간다.
이슬방울이 진다.
햇살이 퍼져 오르고
세상은 다시 고요하다.

스캔들

뻐꾹 뻐꾹! 노래하는 뻐꾸기는 마을에서 칭송이 자자한데, 요즘 숲속 마을에 이상한 소문이 떠돌았다. 농사철에 유독 자주 울어 온산을 구슬픈 울음으로 채우는 것도 밉상인데 얌체 짓으로 구설에 오르고 말았다. 딱새나 뱁새 둥지에 숨어들어 원래 있던 알을 꿀꺽한 다음, 그 자리에 자신의 알을 낳았다. 게다가 알에서 갓 부화한 어린 뻐꾸기는 먼저 태어난 새의 새끼와 알을 밖으로 밀어내서 없애버렸다. 이게 어디 도리에 맞는 일인가? 뻐꾸기 새끼야말로 후레자식이다. 딱새나 뱁새는 또 얼마나 딱한가! 다른 사내놈의 아이인 줄 모르고 진날 갠날 없이 키웠으니, 쯧 쯧.

진화론

해바라기는 전진한다

오직 태양을 향하여
지독한 고독을 견디며
한 송이 꽃에 무수한 씨앗 알알이 품고
무거워 고개마저 숙인 채,

아무리 힘들어도
털썩 주저앉지도 않고,

그래, 고독은 너의 친구다

평생 열망하던 것,
고개 한번 돌리고 뒤돌아본 적 없으니
오직 직립으로 진화해왔다

포도주

핏빛보다 붉은 노을
죽음의 술잔 든 저승의 천사여!
인도 바라나시 강가 화장터 가트에 앉아
마지막 순례의 여정을 막 시작하는지
병든 노인이 찾아와
수척한 영혼에 잔을 권하면
사양 말고 들이키오,
그 한 잔 술을!

수저
— 나를 위한 노래

곰곰이 생각해보니,
이 날까지 밥 먹고 산 게 아니라
허기를 죽이며 살아 온 건 아닌지
아무튼 수저가 나를 살렸으니
마지막으로 수저 들 힘만 있다면
그래도 잘 살았다,
홀로 웃으며
자위하느니

근황

숲은 서랍이 많다.
은근히 보여줄 것이 많지만
잘 정돈된 서랍 속에는 나프탈렌 냄새가 난다.
시간은 물처럼 흐르고
산안개는 암자를 에워싸고
범종소릴 타고 골짜기를 빠져나간다.
선방 수좌는 오솔길 따라
가벼운 포행을 하고
뒤따라 팔짝 팔짝 뛰는
다람쥐가 높은 전나무 우듬지로 올라간다.
숲은 서랍을 열 때마다
낯선 풍경으로 다가오고
계절이 다시 바뀌는 줄 모르는지
산사는 목하 참선중이다.

이쑤시개

너는승자의여유를즐긴다포식한하이에나입속에들락거리는초
원의가시다입을벌리고이빨사이를후벼파는식후에벌어지는성스
러운의식의소품이다무엇보다강렬한인상은한때너를입에물고멋
진액션을연기한홍콩느와르영화때문이다배우주윤발처럼너는영
웅본색의이미지를떠올리게한다

조선팔도

저 푸른 하늘
장지 삼아 펼쳐놓고
저 거뭇한 필봉 붓을 삼아
천지에 고인 맹물 찍어 용트림하듯
일필휘지로 위로부터 아래로 긋는다.
오직 한 획,
백두에서 두류까지,
마지막 한 점 제주까지 찍고 나서
그리고 오른쪽 여백,

독도

낙관을 찍는다.

팔만대장경

부처님께서 정각을 이루시자, 보리수 아래 수많은 벌새 떼가 모여들었습니다. 벌새는 가장 작은 지구상의 새입니다. 1초에 60회나 날개를 퍼덕이며 '부우웅-붕' 소리를 내며, 벌새들은 한 마리씩 부처님의 말씀 한 마디를 몸통에 새기고, 떼 지어 보드가야에서 인도양을 거쳐 태평양으로 날아갔습니다. 이윽고 남해로 들어와서 합천 가야산 자락에 도착하여 부처님께서 설법하신 팔만사천 경전을 낱낱이 새겼습니다. 그 작은 날개로 엄청난 바다를 날아왔으니 어땠을까요? 모두 날개가 찢어지고 지쳐서 한 자씩 글자를 새긴 뒤에는 그 자리에서 열반하였습니다. 그런데 마지막으로 새긴 한 글자가 있었습니다. 벌새의 정수리가 불타오르며 황금빛 한 글자가 찬란하게 남았습니다. 쭝!

우주론

까마득한 날,
한 점에서 시작되었다.
어느 날, 빅뱅이 있고 나서
불꽃처럼 먼지의 형상으로 왔다.
별의 잔해들,
무수한 시간의 파편들,
상상력의 한계를 넘어서는 무한대의 진동,
그 빛과 파장의 리듬을 들어보라.
우리의 심장 가운데도 있다.
한 몸이 우주다.

까마귀 둥지

숲에 큰일은 없다.
미루나무 우듬지에 까마귀가
둥지를 튼 지 얼마 뒤,
하루는 까마귀 한 쌍이 까악, 까악,
매우 큰 소리로 온산이 울리도록 크게 울었다.
날개를 파닥거리다가, 둥지 주위를 빙빙 돌며,
가지 위에 앉았다가 다시 날아올랐다.
둥지가 출렁거리더니
잔가지가 우수수 떨어져 내렸다.
큰 구렁이가 나무줄기를 타고 올라가
둥지 속에 낳은 까마귀 알을 통째로 삼키는
절체절명의 순간,
까마귀는 필사적으로 바짝 달라붙어
구렁이로부터 제 새끼를 구하려고 애썼지만
모두 허사로 돌아갔다.
아찔하도록 높은 미루나무 둥지는
유월의 햇살 아래 아지랑이보다 아득하다.
자연은 모른 체 말없이 그냥 지나친다.

산다는 게 다 저런가!
찰나에 꺼져버린 생의 슬픔이 지나가고
아무 일도 일어나지 않은 듯
다시 숲은 고요하다.

사랑

벼락과 천둥은 찰나간이다.
누가 이다지도 징글맞게 붙어 다니는가?
사랑도 이처럼 뜨겁다면,
푸른 불꽃 튀기며
하늘처럼 울고 지나간다면,
아! 사람의 사랑도
벼락치고 천둥 울린다면
저대로 닮은 사랑이라면
하늘이 바짝 쪼개지는 날,
찰나가 저리 아름답다면
저승까지도 같이 넘는 저런 사랑,
한번쯤 해봤으면

소낙비

화선지 한 폭 맨땅에 깔아놓고 하늘 우러러본다. 진양호 연지에 먹 갈고 지리산 천왕봉으로 붓끝 세워 먹물 잔뜩 이개니 천지가 껌껌하다. 세필로 슥, 슥, 비스듬히 휘갈기니 빗줄기 세차다. 비백 飛白은 또 어떤가? 빗발 사이로 언뜻언뜻 조롱이 몇 마리 후드득 깃털 털며 겨우 날아오른다. 푹 젖은 건너 숲도 빗방울 말리며 산마루 그늘에 햇살 한 줌 빼꼼히 얼굴 내민다. 화선지가 탱탱하게 펴지고 나자 검댕을 묻힌 동네 삽살개가 천방지축 뛰다가 온몸 푸르르 털어댄다.

삼릉 숲

경주 가면 삼릉 숲에 가볼 일이다.
근처 왕릉 다 둘러보고 흙길 천천히 걸어
빽빽한 소나무 삐뚤빼뚤 굽이치는
자주 안개 들락거리는 숲에 든다.
비 부슬부슬 내리는 어둑한 저녁 무렵,
는개 가득 몰고 솔들은 몸 가렸다가
서로 몸을 섞기도 하며 숨바꼭질 한창이다.
푸른색이 지고 갈색이나 연초록도 모두 사라졌다.
다만 회백색 분청사기 빛으로
가뭇가뭇한 기억처럼 아스라이 다가온다.
내가 숲에 묻히고 내가 사라진다.
달항아리 안에 갇힌 달,
하늘 이마에 소름이 돋고 온통 젖어
물기는 사람의 마음까지 촉촉이 적신다.
가끔 달 우는 소리가
신라의 달밤 노랫가락을 타고 새어나왔다.
이끼의 색이 초록을 더할 즈음
길을 잃고 달빛이 겨우 비치는 숲에서

나는 여전히 헤매고 있다.
물안개의 발걸음은 참 느리다.
느리다 못해 게으르다.
지워진 내가 더 느리다.
는개가 풀리면 삼릉 숲은 안대를 푼다.

마음의 원근법

먼 산처럼 다가온다.
다가올수록 가까운 산이다.
바다처럼 깊어 알 수 없다.
더 오래 바라볼수록 푸른 물이 든다.
먼 사람이 다가온다.
다가올수록 더 멀리 있는 사람이다.
사람의 속은 도저히 알 수 없다.
더 깊이 들어갈수록 구정물이 된다.
마음은 어쩔 수 없다.
죽는 순간까지 다가가지만
도저히 알 수 없다.
비우고 비워내려고 하지만
어림도 없다.

상표의 그늘

황야의 빌딩숲
증식하는 빛나는 광고판
날카로운 건물 사이로 흐르는 빌딩풍,
외로운 밤 여우와 늑대가 울부짖는다.
오직 상표에게 눈을 맞추고
사람에게 눈길조차 주지 않는
이상한 시선의 종족이 기생하는
유충들 바글바글한 도시는 냉혹하다.
우세종이 아니면 쫓겨나 더러운 곳으로 몰린다.
지하철과 하수구는 쥐떼와 노숙자들이 넘치고
뒷골목에는 술 취한 부랑자들이 오물을 토한다.
문명의 킬 힐이 보도를 경쾌하게 찍으며
휘황찬란한 네온과 광고탑 조명 아래
건조한 사막바람 맞으며 의기양양하게 걷는다.
거대한 군집을 이루고 번식하는 유충들!
적자생존의 법칙에 따라
겨우 마지막까지 살아남은,
야맹증을 앓는 신인류가 번성하고 있다.

장수하늘소 전傳

영락없는 무사로다.
가히 천하무적이라 할 만하다.
먼저 그 생김새를 보자면,
번쩍번쩍 흑갈색 광택이 눈에 띄니
겉날개는 적갈색이요
등은 잔털이 빽빽한 황갈색에다
큰 턱은 위로 구부러진 가위 같고
옆으로는 이빨처럼 돌기가 하나씩 돋아
가히 딱정벌레 가운데 몸집이 으뜸이로다.
더듬이는 몸길이보다 짧고
끄트머리로 갈수록 마디는 가늘어도
노란 털 뭉치는 여덟 팔 자요
앞가슴 등판은 기괴한 무늬로다.
그야말로 장군의 풍모를 갖고 태어났으니
서어나무, 신갈나무, 물푸레나무 같은
고목들이 자라는 숲에 홀로 살며
무예를 닦은 지 몇 해인 줄 모른다.
기상이 비범하고 무공武功이 훤칠한 까닭에

나라에 아주 드문 인물이라 칭송하여
천연기념대장군 벼슬을 하사하니
강호 무림武林들이 다 우러러보더라.

설해목雪害木

어둠에 묻힌 산은 아찔하다.
겨울 밤 암자는 폭설에 파묻히고
선정에 든 선승의 그림자는 더 깊어진다.
사르륵, 사르륵,
눈송이는 솔가지에 수북이 쌓이고
한밤중 무게를 이기지 못해 축 처진다.
한없이 버티다가
마침내 생솔가지가 찢어진다.
찰나, 적막을 찢는 비명소리, 뚜두둑-딱!
벼락 치듯 메아리 되어 산의 정수리를 친다.
살아있는 산이 외치는 비명처럼
깊은 골짝 가득 쩌렁쩌렁 울린다.
곁가지를 무참하게 떨어버린 덕분에
곧게 뻗은 둥치만 고라니 눈에 온전히 남으리라.
겨우내 부러지고 꺾인 상처는
진물처럼 송진으로 메우고
조만간 늠름하게 다시 서리라.

남사에서

　겨울 지리산 골바람은 떼로 모여 우-우- 울며 몰려다녔다. 마치 사변 때 파르티잔처럼 밤이면 거세게 몰아쳤다. 황소바람 들이쳐 문풍지 살을 떠는 밤, 꿈은 내의를 갈아입고 바닥까지 내려앉은 궁핍은 슬프도록 아름다웠다. 홀로 꽃을 쓰기 시작하면서 내가 꽃이 되어갔으니, 아! 모든 것이 다 꽃이었다. 매화 한 폭 창가 걸어두니 매운 추위를 뚫고 온 매화는 향기가 얼마나 진하던지. 남루가 맑아 비록 누더기를 걸쳐도 춥지 않았다. 주린 배로 잠들지 못해도 흥금은 가득차서 빨리 새벽이 오길 기다렸다. 그 겨울 천변川邊에 나와 같이 지내던 왜가리는 지금 어디서 추위를 면하고 있을까? 아직 봄은 멀지만 이미 내 꿈속에서는 산이 내복을 벗고 있다. 날이 새는지 동네어귀 장닭이 볏을 세우고 고고성을 울린다.

세우다

세상은 세우느라고 바쁘다.
여기저기, 하루가 다르게 세운다.
힘차게 솟구치는
마치 화가 잔뜩 난 것처럼
새로운 고층건물이 들어서느라고 아수라장이다.
세운다는 일이 얼마나 눈물겨운 일인지
그래도 가장 눈여겨 볼만한 건
장미여관으로 가자.
환갑 지나도 환장한
아, 서지 않는 저것을 세우기 위하여
세상은 오직 세워야 하고
쓰러지기 전까지,
빳빳하게 세워야 하느니.

복사꽃 사연

남가람 물살에 내맡긴 채 나뭇잎 같은 작은 배 타고 가다 도원에서 길을 잃었네. 여기가 무릉도원인가? 애틋한 소문은 산 넘고 물 건너 떠돌이 중의 귀에까지 들어갔다. 복사꽃 환한 깊은 산마을, 한 은자의 딸이 꽃보다 화사한 과년인데, 복사꽃 은은하게 달빛 비치는 밤이면 춘정에 겨워 미치도록 환장해서 마을 넘어 밤마실 나가 소식이 끊겼다. 이듬해 복사꽃이 연분홍 채색을 막 올릴 무렵, 처자는 갓난 애기를 업고 사립문을 수줍은 듯 살그머니 밀치고 들어왔다. 그 뒤에는 바랑을 짊어진 한 스님이 목탁을 치며 복사꽃 날리는 바람결에 독송을 얹는다. 때맞추어 소박한 산골은 연분홍 물결로 넘실거렸다.

소나무

너는 조선의 나무다.
깐깐하게 푸르도록 침엽을 두른 채
반만년 민족의 얼과 더불어 청청하였다.
선산에는 굽은 솔이 지키고
소치는 아이놈에게는 그늘을 주고
송홧가루 날리는 철이면 다식 만들어
솔잎으로 맑은 청주 내어 조상님께 올리니
은택으로 치면 삼정승도 부럽지 않구나.
솔아, 솔아, 푸르른 솔아,
가난한 백성 식은 아궁이를 데우던 솔가지들아
우리 어깨동무하고 같이 불타오르자.
관솔로 횃불 밝혀 압제의 사슬 벗어던지고
자유롭게 약동하던 그 심장으로
조선 사람의 나라를 굳건히 지키자.
솔아, 솔아, 푸르른 솔아,
너는 조선의 얼이다.

우리말 큰사전

저건 조선을 위한
소슬한 조선말의 숲이다
저건 말 못하는 벙어리를 불러놓고
받아쓰기하는 나무들의 교실이다
가, 나, 다, 라, 훈민訓民의 바른 소리를 좇아
차곡차곡 쌓여있는 들판의 낟가리처럼
우리의 혼을 먹여 살리는 힘이다
마침내는 씨알의 얼로 굳건하게 세워서
우리 자손이 지켜나갈 정신의 빛이다.
저건 맨 처음 벙어리마저 입을 떼게 만드는
만백성의 혀뿌리다.

마음 젖은 풍경들

비가 오면 바빠지기 시작한다.
빗방울이 조개 살 속으로 들어간다.
펄을 게우고 나면 속살은 맑은 바닷물 토하고
몽돌의 얼굴 만지작거리다가 털썩 주저앉는다.
반사된 풍경이 물방울에 비치며 방울져 내린다.
물뱀이 물속에서 날렵하게 헤엄치고
작은 게딱지는 차가운 등껍질을 데우느라
집게발로 연신 물을 튕긴다.
바다가 낮아진다.
푸른 물감의 채도가 선명할수록 빗줄기는 굵어진다.
이미 썰물은 물때 따라 먼 달을 손짓하고
나뭇잎은 머금은 물을 토하고 거리에 엎드린다.
길 가는 사람의 마음에도 비는 스며들고
괜히 이런 날은 누군가를 설레며 기다린다.
낮은 자세로 게우는 여름날의 풍경들,
모두가 서둘러 마중하고 바래주기에 바쁘다.
비록 실없는 하찮은 것일지라도

제 깜냥으로 움직인다.
더구나 살아있는 건 모조리 움직인다.

멸망의 날을 위한 조곡弔哭

너무 안이한 시각으로 땅을 모욕하였다. 두려운 세계가 울며 다가온다. 결코 멀리 있지 않다. 우리는 기억해야 한다. 이곳은 우리가 생각하는 세계보다 더 황량한 세상이라는 것을, 절대로 안전하지도 않다.

시간의 방폐장은 녹슨 지식이 산화되어 인류의 마지막 폐허를 보여준다. 방랑자들이 모여 돌도끼를 만들고 사냥을 나간다. 여기는 사냥감이 없을 지도 모른다. 그러면 며칠이고 굶주려야 하지만, 좋다. 여기는 우리의 마지막 땅이다.

여기에 우리가 있다. 원시의 숲에서 자라는 크고 작은 나무들, 잊히지 않는 야수의 이야기들이 살아있다. 다행스럽게 시간의 흐름이 멈춘 이곳을 아주 잠깐 만날 수 있다. 하지만 슬프게도 여기까지다.

종자은행이 불타고 종족은 모두 살해되었다. 하늘은 보이지 않고 별빛마저 다 사라졌다. 폐허의 한 자락을 잠깐 보여주고 시간은 덧없다. 멈춘 시계는 헛바닥을 늘어뜨린 채 마지막으로 우리의 마음마저 무너뜨릴 것이다. 최후에는 믿음조차도 걷어찰 것이다.

우리는 너무 오만하였다. 너무 멀리 와버렸다.

친구

세상의 외진 곳이라도
아무도 홀로 남겨지지 않는다.
적어도 사하라 사막에서는,
모래폭풍이 몰려와도
모래의 늪에 타이어가 빠져 헛돌지라도
내 친구가 반대쪽에서
기꺼이 달려와 도와주리라.
사구에 예리한 능선을 긋는
적막한 모래바람조차
메마른 죽은 짐승의 뼈와 뒹굴며
마음보다 먼저 뜨겁게 껴안고
쓰다듬을 줄 아니까,
사막이므로 기다릴 수 있다.
오늘도 베두인들은
사막에서 친구를 기다린다.

이상한 노인

세계적 현상인가.
치매 노인은 요즘 심기가 좋지 않은지
툭하면 심술이 보통이 아니다.
마치 이상한 일기예보 탓인 듯 핑계대지만
기력이 쇠하여 걸핏하면 낙상하고
시퍼런 멍이 군데군데 들었다.
뼛속이 비어서 더 위험하다.
골다공증을 앓는 하늘과 땅과 바다,
공중에는 새 떼가 날지 못해 땅으로 추락하고
죽은 고래 떼가 해안가를 덮는다.
꿀벌이 사라진 난임難姙의 시대,
이제 하늘 노인은 점점 난폭하다.
일기예보는 두려운 뉴스다.

불안의 기원

뒤를 주지마라.
왠지 뒤통수가 불안하다.
앞은 늘 주의를 기울이지만 또 옆은 어떤가?
사정없이 밀고 들어오는 날벼락 같은
엄습하는 두려움이여,
땅이 갈라지고 하늘이 무너지는
설마가 사람 잡는 불안은 어디서 오는가?
나는 불안하다.
불안하므로 겨우 살아갈 수 있다.
불안은 사람에게 고유한 원형질 같은 것,
오직 사람이기 때문에 불안을 느끼고
불안한 만큼 그걸 해소하기 위하여
또 그만큼 더 불안해야 한다.
불안에 대한 두려움은 자유를 빼앗아갔다.
불안은 자유의 포로다.
하지만 철저하게 불안해야
진정한 자유를 만끽할 수 있다.
단 한 번도 자유롭지 못하여 불안하고

진정한 자유가 무엇인지 잘 모르기 때문에
지금까지 정확하게 불안이 무엇인지도 모른다.
얼마의 체적을 차지해야 하고
또 무게와 높이를 가져야 불안이라 하는지,
불안은 그 자체로 성가신 난제다.

우는 꽃

봄날 푸르른 언덕 위에
하나 둘씩 꽃들이 피어나지만,
내 마음 깊은 곳에는 왠지 슬픔이 배어나오네.
꽃이 나를 불러 세우네.
외진 곳에서 웃으며 나에게 손짓하지만,
섣불리 다가갈 수 없어 멍하니 앉아
한참 바라보고 마음 먼저 다가갔네.
어느 봄날, 언덕에 온갖 꽃들 피어나네.
그 중에 한 꽃이 고개 숙인 채 울고 있네.
꽃을 보고 나도 몰래 눈물 흘리네.
간밤 몰아친 무서운 천둥 탓인가?
꽃샘추위로 산에 돋은 소름 때문인가?
꽃 한 송이 피우기 위해 여기까지 오느라
얼마나 힘들었을까?
꽃잎 찬란한 봄날, 온통 초록빛 울음 터트리네.
처음 피워 올린 아릿한 꽃은 웃는 꽃이 아니고
우는 꽃이라고 이름 불러주었네.
온 산이 꽃에 젖고, 꽃이 산에 젖고 있네.

내 마음 울리며 우는 꽃이 젖고
내가 초록 울음으로 젖고 있네.

제3부

봄비

봄이 왔지만 아직 봄 같지 않다. 나무는 마음 한구석이 허전하다. 비록 꽃피우기 시작했지만, 아직 여기 도착하지 않은 친구들이 많다. 먼데서 오는 반가운 얼굴을 마중하기 위하여, 일찌감치 고개 내밀고 먼데 하늘가를 응시한다. 그렁거리는 하늘의 눈썹이 그리운 시간들을 호명呼名하면 지난 가을 마지막 본 얼굴들이 보이고, 겨우내 차가운 손을 호호 녹이며 거친 들판을 지나간 벗들도 더러 있다. 기나긴 겨울잠 털고 깨어나도 마음은 영락없이 시리다. 투명한 얼음장 밑을 흐르는 고요한 여울물처럼, 봄은 제 안에 풀 길 없는 마음 한 자락을 어루만지다가 이제야 흐느낌을 고요하게 풀어놓는다. 이렇게 봄비가 하염없이 내린다.

숲

숲은 무섭다.
나무들은 침묵하고
발자국 소리 하나 없는 이곳은 고요하다.

땅에 떨어진 나뭇잎과
가지 사이로 비추는 햇살,
나는 홀로 온종일 숲속을 돌아다니며
나무들과 대화하며 풀과 꽃들과 노래를 부른다.

막연한 고독감이 밀려오자 나는 중얼거린다.

내가 이 숲의 주인이 아닐 지도 몰라,
이곳에서 도대체 내가 하는 일이 뭐야.

풀과 꽃들은 내 노래에 귀 기울이지 않는다.

바람이 나뭇잎 흔들며
끊임없이 내게 속삭일 뿐.

숲은 바람이 불면 끊임없이 중얼거린다.

아무도 잘 알아듣지 못하지만
지칠 줄 모르고 무언가 말하고 있다.

마침내 나는 이 숲의 비밀을 발견했다.

이 풍경 너머 사람들은 어디로 갔을까?

군데군데 풍경의 발목이 잘려나가고
그 부드러운 손길과 발자국 소리는 사라지고
이제 그루터기에는 흔적만 남아있다.

나무와 도끼

신선놀음에 도끼자루 썩는 줄 모르고
한 시절이 지나가고 있다.
어느 날, 도끼가 나무에게 말을 걸었다.
"안녕, 나무야. 넌 너무나 높고 아름다워."
"고마워, 도끼야. 그런데 왜 나를 치려고 해?"
"나무야,
내가 너를 찍는 건 별다른 의미가 없어.
그저 내가 살아남기 위해서야."
"하지만 나무도 살아야 하지 않겠어?
나를 베어서 어떻게 살아남을 수 있겠어?"
"그건 내 문제가 아니야.
난 그저 내 목적을 위해 너를 찍을 뿐이야."
"그렇다면 나도 내 목적을 위해 널 해치게 될 거야."
"네가 나를 그렇게 할 수 있을까?
내가 살아남기 위해 널 찍어야 한다면,
그건 내가 스스로 다스릴 수 없게 된 거니까."
"그렇다면 우리는 서로 의지해야 해.
너는 나를 찍어야 살고,

나는 네가 있어야 가지를 더 뻗을 수 있으니까."
"그렇게 하자."
그 뒤로 도끼와 나무는 서로 돕기 시작하였다.
나무는 도끼자루를 강하게 만들기 위해
마침내 튼튼한 가지로 자라났다.

시의 미주바리* 빠졌을 때

나의 시는 요즘 미주바리가 빠진 것 같다.
뭔가 흘러 빠지는 느낌이 드는 것은 무슨 까닭일까?
그래서 특단의 결단을 하기로 한다.
오래된 민간요법이 있었으니, 들은 대로 적는다.

가마솥에 물을 넣고
솥뚜껑 위에다 짚신을 둔다.
아궁이에 불을 때서 짚신이 뜨끈해지면
엉덩이를 엎어놓고 사정없이 짚신짝을 내리치면
미주바리가 쑥 들어간다.

아! 나의 시는 이제라도
짚신으로 체험해야 하리라.
영혼의 불을 때야 하고,
가마솥 뚜껑 같은 뭉근한 맛도 있어야 하리라.

*미주바리; 항문, 혹은 밑구멍을 뜻하는 방언.

속도의 변증법

나무늘보는 느림의 대명사다. 새싹이나 부드러운 가지나 잎을 먹으며 나무 위에서 늘어지게 쉬며 숲의 아름다움에 빠져든다. 눈이 높은 사람들과 다르게 나뭇가지에 거꾸로 매달려있는 때가 많아 그 눈동자는 발바닥 밑에 있다. 자주 더듬거리지만 무엇을 거느리지 않고도 고요하고 아름답게 산다.

마음보다 느리게 움직이는 건 아름다운 동력이다. 달리기보다는 기어가지만, 그렇게 해서라도 목적지에는 꼭 닿고 만다. 호흡보다 더 느리게 작은 나뭇가지 하나 따라 오르락내리락한다. 흔히 게으름뱅이라고 오해받지만 느림은 선택한 길의 일부이고 이동속도는 숲에서 터득한 자연법칙이다. 나뭇가지를 거처 삼아 숲의 중심에 살며 자신의 체적을 결코 넘어서는 일이 없다.

숲의 속삭임을 들으며 지내는 하루, 지나는 길마다 시간은 정물처럼 멈추어 있다. 숲은 느림보를 위하여 더없이 평온하다. 비록 작고 소소한 생명이지만, 그가 갈 수 없는 곳은 없다.

혹등고래

천상 무적의 잠수함이다.
몸을 뒤집고 헤엄치며 부르는
너의 노래는 심해의 암호 같다.
거대하고 신비로운
너는 물방울 사냥꾼이다.
공기방울로 점점 소용돌이치며
먹이를 잔뜩 몰아서 가두어버리면
어부지리로 바다 새들의 잔치가 벌어진다.
바다가 부르면 너는 바다가 되고
별이 부르면 별이 된다.
푸른 바다가 노래하면
너는 천둥이 된다.

궁합

애벌레에 들러붙어
푸른 진액을 빠는 개미떼처럼
당신의 하얀 살결에 도드라진 쾌락의 세포들
나의 열망 속에서 말라비틀어진다.
무너진 신전처럼 폐허가 된다.
나를 거치면 종말의 한숨만 남기고
마침내 끝장나고 만다.
분홍빛 유두는 무덤을 덮는
적막한 흙이 된다.

컵밥

우울하다. 시대는 허기다. 누가 맨처음 컵에다 밥을 담을 생각을 했을까? 마치 병뚜껑에다 참새 모이를 주는 것과 무엇이 다른가? '생각하기 나름'이란 말이 딱 맞다. 주로 간편식으로 편의점이나 컵밥집에서 팔지만, 왠지 서글퍼진다. 컵밥의 건너편은 집밥이다. 어머니나 할머니가 해주던 가정식은 요즘 참 드물다. 홀로 살면서 혼밥을 먹는 시대, 지금 우리의 자화상은 컵과 밥을 결합시켜 외로움을 더한다. 설거지는 필요 없지만 쓰레기는 또 어찌할 텐가. 컵밥 속에는 고독한 허기가 가득하다. 오직 살아남기 위하여 연명하는 황야의 늑대들, 오늘도 컵밥 봉지를 뜯고 있다.

난중일기

갑옷은 주인을 잃었다.
달빛이 파도에 일렁이면 향 내음 맡기 싫어
제승당 앞 여울물에 처벅, 처벅, 걸어 들어가
갑옷에 달린 쇠 비늘을 하나하나 씻었다.
씻을수록 치욕이 치를 떨고
씻어낼수록 장군의 위엄 있는
독전의 고함소리가 들린다.
통제사의 군령과 수군의 비명이 뒤섞일수록
왜적은 울돌목에 썰물이 빠져나가듯
시신으로 떠올랐다.
백의종군한 하늘 어두운 날,
조총 구멍 선연한
갑옷에 얼룩진 핏자국,
조정에서 장계가 당도하고
'충무공'이란 시호가 하사되었다.
나의 죽음을 알리지 말라,
삼도수군의 무거운 어깨를 관통한 역사처럼
갑옷은 지금 묵묵부답이다.

참회록

참으로 우는 법은
뼈 속까지 울어야 투명하다.
모든 눈물은 바다인 것을,
바다에 와서야 이 세상의 눈물이
얼마나 넘치도록 많은지 알 것 같다.
깊고 너른 바다처럼 눈물은 세상에 넘친다.
너무 투명한 날,
눈물 흘리며 나는 참회한다.
얼마나 오랫동안 내 안에 고여 있었기에
이리 소금의 결정으로 남았는가?
이제 눈물로 나의 허물을 씻고 싶다.
세상의 아픔이여!
눈물이여!
모두 내게로 와서 나의 더러움도 씻어다오.
투명한 하늘이 내려오면,
눈물 흘리며 나는 참회록을 쓴다.

칼국수

어머니의 칼국수에는 칼 맛이 있다. 잘 치댄 반죽에 칼질하는데 손바닥으로 밀가루를 뿌리며 서로 들러붙지 않게, 슬렁슬렁 칼을 빠르게 넘기며 막 썰어도 두께가 한결같은 솜씨는 아무나 따라하지 못한다. 게다가 덤으로 어머니 손맛이 들어가니 이건 하늘이 두 쪽 나도 아무도 범접할 수 없는 경지라 할만하다. 어머니의 칼국수 한 그릇은 오래된 맛의 고향이다. 뻐꾸기 구질게 우는 해 긴 긴 날, 코 빠트리고 한없이 빨아 넣던 어린 날의 허기다.

채석강

기암괴석은 방랑자의 도서관,
암벽은 서가에 꽂힌 책들로 빼곡하다.
옛날 책 향기가 가득한 이곳은
먼 과거의 파도가 살아 으르렁거리며
시간의 흐름을 잊게 만드는 곳,
채석강은 오래된 도서관이다.
낡은 해안가 책장 위에 쌓인 책들로
가파른 해안 절벽 페이지마다
갈색의 기억들이 찬란하다.
파도의 손길에 닳은 흐느낌으로
귀 접힌 물결의 페이지마다 신세계가 열리고
바람과 달의 인력으로 소금기 버석거린다.
흐르는 바람소리에 귀 기울이면
책장 사이로 스며드는 긴 여울의 울음들,
방랑자의 도서관은 오래된 풍금소리가 들린다.
오래 지나면 먼지가 되겠지만
그 먼지마저 정든 기억이다.

천왕봉

천왕할매 안부 그리워 오른
어머니 지리산은 배꼽이 솟았다.
정상에 선 표석은 갓 탯줄을 끊은 듯
배꼽이 다 드러나 있다.
얼마나 많은 발자국들이 닿았을까.
산모는 드러누웠고
아기는 젖 물고 새록새록 잠이 든 모양이다.
산은 만물의 어미다.
제 품을 한없이 내주고도
흘러넘치는, 팅팅 불어터진 젖은 경이롭다.
산의 정수리가 하얗다.
진눈깨비가 몰아친다.
막 젖이 얼려고 하는데,
너구리새끼가 샘가에서 젖을 빨고 있다.

동안거

맑은 산중이다.
초발심 무색한 기초선원,
겨울을 뜯어먹는 법을 아는지
풋내기 수행자가 야금야금 되새김질하듯
부처의 뒷목을 끌어 잡고
좌복이 헤지도록 절구통이 되면
그리 한철 잘 나고 나면
설마 부처를 이루겠지
뒷산 산까치는 때마다 찾아와서
밥값 내놓아라!
까악, 까악, 우는데
텅 빈 절간 마당에는 눈보라가 매섭다
간간이 죽비소리만 들릴 뿐,
겨울이 아주 조금씩 뜯겨나가고 있다

달팽이

달팽이는 배가 발이다.
배발로 점액을 분비하며 온몸으로 기어간다.
땅바닥에서 묵묵하게 배밀이로 간다.
심지어 면도날 위에서도 기어간다.
평생을 가장 낮은 자세로,
지나는 길마다 제 몸을 녹인 끈끈한 체액으로
햇살에 아롱지는 비문碑文을 새기고,
그래도 끝까지 목적지에 다다른다.
아득한 길에 가닿는다.

광대의 모자

분장실에는 어릿광대 소품들이 가득하다. 광대는 진실한 연기를 위해 속옷에서 머리카락까지 모든 것을 바꾸어야 한다. 그 중에 울긋불긋 길쭉한 모자 하나는 광대의 두드러진 표식이다. 민주주의는 광대의 모자다. 누구라도 이걸 쓰기만 해도 그럴 듯하다. 세상에 이렇게 편리한 도구가 없다. 국민을 늘 들먹이고 민주의식이라곤 눈꼽만큼도 없는 독재자마저 이걸 쓰길 아주 좋아한다. 정말로 민주주의를 원하는 광대는 모자를 제대로 쓸 줄 모르지만, 이상한 모자는 사람이 분장을 시작한 이래 가장 오해받는 뻔뻔한 소품이다. 너도나도 이 모자를 쓰고 무대에 서서 온갖 광대짓을 벌인다.

심경心經

반가부좌하고 마음의 문을 열고 들어간다.

문 안에 벽이 버티고 서있다.

방 안은 깜깜하다.

귀신이 산다.

우글거리며 떼 지어 달려드는 저것들은 무엇인가?

벽 속에 문이 있다.

숨어있는 문이다.

벽을 차면 문이 깨지고 말리라.

어떻게 뚫고 나갈 것인가?

심경을 펼치면 한 글자도 없다.

눈을 닦고 다시 살피지만, 정말 한 글자도 없다.

속았다.

마음이 저만치 홀가분하게 가고 있다.

비틀거리는 걸음보다 너무나 빠른

저건 내 것이 아니다.

해후

오늘도 기다린다.
공원벤치에 기대어 그늘의 먼 기억을 그리워한다.
노을이 서서히 번지는 숲 속
등받이에 겨우 남은 긴 그림자 천천히 물리며
그윽한 마음의 오솔길로 접어든다.
홀로 서성이는 뒷모습에 눈길을 던지는 행인들,
등에 꽂히는 비수처럼 시선은 아프게 느껴지는데
지금 거리의 불빛들 하나 둘 꺼지고
왠지 쓸쓸한 마음 가득하다.
어디론가 떠나간 시간들,
그리고 예측할 수 없는 기다림은
지금 어디서 헤매고 있는지
가을 깊어가는 저녁 무렵,
이젠 다시 오지 않을 따뜻한 손길을 떠올리며
뜨겁던 첫 입맞춤의 추억을 그리며
나는 나무처럼 서있다.

고백
―그가 말을 시작하면 방아쇠를 당기고 싶다

혀는 총이다 나의 혀는 무시무시한 권총이다 모델은 8연발 리볼버 스미스 권총, 누군가 말을 꺼내기 시작하면 총구는 서서히 사격자세를 취한다 상대를 쓰러뜨리기 위하여 방아쇠를 당길 준비에 들어간다 미처 말을 꺼내기도 전에 중간에 말꼬리를 자르고 개입하거나, 험한 말이 시작되면 총구에서는 총알이 튀어나간다 화약 연기가 모락모락 피어오르고 상대가 쓰러진다 대화가 끊긴 채 이것으로 모든 관계는 끝장났다 나는 나쁜 습관이 있다 중간에 타인의 말을 끊거나, 모진 말을 하거나, 여러 가지로 상처를 많이 안겼다 어느 날 그 총구가 누군가를 겨누고 있다는 사실을 뒤늦게 깨달았다 내가 총의 방아쇠를 당길 때마다 무수히 쓰러졌던 유령들이 꾸역꾸역 살아나서 좀비들처럼 나에게 달려들었다 어디선가 익명의 저격수가 나의 심장을 겨누고 있다

달항아리

휘영청,
마음에 달 떴다.
한 누리 그 빛으로 다 비추지 못해
달항아리로 서럽게 떴다.
조선 백자의 추임새로 넉넉하게 떴다.
저 너른 품 안에 우주가 들어온다.
매화 벙그는 고즈넉한 창가,
홀로 흐느끼는 여울물 소리 들린다.
도공의 물레질하는 소리 따라 세월이 익어간다.
서늘한 백자의 그늘에 눈이 내리고,
어느새 여인의 마음씨보다 고운
달빛이 서리서리 친다.

독수리타법

　자판은 속도의 딜레마다. 늙은 독수리는 깃털이 거의 빠지고 부리는 뭉툭한데다 느리기 짝이 없다. 그런데 좋은 점이 있긴 하다. 느긋하게 생각할 수 있고 상상력을 발휘하여 바람의 흐름을 타고 비상할 수 있다.

　달빛 어리는 강가 절벽, 독수리가 날고 있다. 홀로 공중을 빙빙 선회하며 산하를 굽어본다. 먹을거리를 해결하는 데는 밤낮이 없지만 그래도 밤이 낫다. 사냥감이 포착되면 재빨리 발톱으로 낚아채고 부리로 쪼아야 한다. 비록 무딘 타법으로 광활한 여백을 누비지만, 오늘밤 새로운 한 줄에 선혈이 뚝, 뚝, 듣는다.

붓

너는 글을 쓴다.

꽃을 그리고, 집과 나무와 폭포도 그린다.

대나무도 그리고 난초도 친다.

그리고 운해와 강과 바다를 그리기도 한다.

소낙비와 안개, 설경도 그릴 수 있다.

숨죽인 여백으로 그림을 채운다.

아이와 노인과 여인과 개와 소, 양도 그릴 수 있다.

게, 오징어, 갈치 등도 그린다.

마지막에는 고요와 침묵까지도 그린다.

네가 못 그리는 게 있을까?

그러나 사람의 마음은 그대로 그릴 수 없다.

눈 오는 밤, 댓돌 위에

함박눈 소복이 맞은 신발 두 켤레,

지금 방안에서 일어나는 일은 그리지 못한다.

마음의 풍경은 너무 희미해 완벽하게 그릴 수 없다.

그래서 화제를 붙이고 시를 짓는다.

붓은 사족蛇足을 끌고 다닌다.

이면의 생

몽돌이 여기까지 오기 전
얼마나 날카로운 모서리로 진저리쳤는지,
잔잔한 호수에 백조는
미끄러지듯 우아하게 떠다니지만
수면 아래는 얼마나 처절하게
필사적으로 물갈퀴로 헤엄치는지,
노인의 깊은 주름살 아래 숨긴 세월의 상처들
지금 아무리 헤아려도 알 길 없는 아픔들인 걸
누구나 생의 뒷면은 잘 드러나지 않는다.
마치 짐승처럼 안에서 울다가
뒤에서 보면 아무렇지도 않은 듯
오늘 하루가 또 그렇게 흘러간다.

시인의 밥

시인들이여!

죽을힘으로 버티다가―

김밥 한 줄로 끝내자

밥이 되지 못한,

시는 쓸모없다고 하니―

아! 김밥 한 줄만도 못한 시 한 줄이여!

잠깐, 떨리게

동네 목욕탕 굴뚝,
피뢰침이 있는 꼭대기
까마귀 한 마리가 아래를 내려다보고,

목욕하러가는 나에게 꾸짖듯
마른하늘에 날벼락 치는 소리로
까악, 까악, 짖으며
한 마디 던지네.

―너는 네 몸 때는 씻으면서
마음의 때는 씻을 줄도 모르지,
바보야!

봄 산

산길을 걷는데
비에 젖은 산비둘기를 보았다.
푸르르 물기를 털어내는 날개와 떠는 발가락,
가시밭길을 걸어가는 나그네 모습과 닮았다.
길가에 핀 노란 산수유 꽃망울과 눈이 마주치자,
하얗게 웃는지
몇 걸음 폴짝, 폴짝 뛰다가
새는 뒤도 돌아보지 않고 날아가버린다.
멀리서 남쪽 하늘이 개이자,
비둘기가 날아간 빈자리를 산 그림자가 다가와
그 온기를 가만히 덮고 있다.
마을에 저녁밥 짓는 연기가 오르고
산역 나간 장정들이 산마루를 막 돌아 나오자,
쟁기질하는 황소는 더운 콧김을 내뿜고
마지막 고랑을 파헤치며 힘겹게 나아간다.
봄비에 젖은 산의 고요,
어쩌면 지금 새의 깃털보다 가볍다.

물기에 젖은 날개를 털어내느라
부르르 몸까지 떨고 있다.

시인의 목구멍

시는 배고프다.
아귀의 목구멍보다 큰 허기 평생 물고 있다가
아무도 읽지 않는 시집이 산더미처럼
쓰레기하치장으로 쓸려갔다.

풀이 가는 길

고물상 폐지더미 속에 눈시울 뜨끈한,

초간본

한 권,

흉터

진물이 흐른 뒤라야
아무는 저것은 훈장이 아니다.

고통에 대한 기억은 도드라진다.

기억하기 싫지만
몸에 남아 구멍 난 여생의 쌀독을 파먹고 있는
끈질기게 정신까지 갉아대는

거대한 쥐,

송곳니가 날카로운,

아물어도 끝내 숨을 데 없어
백주 대낮에도 우르르 출몰하는,

고독한 지구인

눈먼 낙타가 사막을 걷고 있다.
이 사막에서 모든 타인은 부랑자다.
서로 위험한 흉기가 된다.
끝없이 뻗은 사구는 눈부신 현기증이다.
굽은 능선에 대상隊商의 행렬은 비틀려 있고,
줄 선 낙타들은 엉기지 않으려고
걸음의 속도를 올리지만,
모래바람에 낙타의 얼굴은 점점 일그러져 간다.
그럴수록 사구는 바람의 그림을 그리기 시작한다.
저 멀리 예리한 능선에 아롱거리는
야자수 숲과 샘터는 신기루일 뿐.
가까이 가면 갈수록
도저히 따라잡을 수 없는
세상은 점점 사막이 되고 있다.

순대골목에서 길을 잃다

지하철 2호선을 탄다. 신림동 순대타운을 가기 위하여 순대보다 길고 긴 깜깜한 땅속으로 내려간다. 지하철에 몸을 실은 채 지그시 눈을 감는다. 선지와 당면, 두부, 깻잎, 파, 부추, 숙주들로 속을 버무린 빽빽한 전동차 안에서 나는 순대 속처럼 섞인다. 도착을 알리는 시그널 음악이 나오자, 드디어 나는 뜨뜻한 순대가 되어 붐비는 역을 겨우 빠져나온다. 순대타운으로 가는 출구를 찾는데 애초에 방향을 잘못 잡았는지 영 헷갈린다. 일단 끈적한 내음 풍기는 곳으로 발걸음을 옮긴다. 아무리 찾아도 간판이 보이지 않는데 이제 어디로 가야할까. 일순 나는 미아가 된다. 기억하던 순대골목을 떠올리며 낯선 길을 무작정 간다. 두 발은 보도에 미끄러져 갈팡질팡하는 듯, 결국 편의점에 들어가 목을 축인다. 아직도 순대는 상상의 그림 속에 있고, 빈속에 찬 술로 머리만 어질어질하니 제대로 길을 찾을 수 있나. 혼자 투덜대며 김 빠져 식은 순대마냥 굽은 골목길을 오르락내리락하다 보니 푹 삶은 순대가 늘어진 꼴이다. 한참이나 순대골목을 더듬다가 나는 불어터진 순대가 되어버렸다.

제4부

전쟁의 기원

투석전은 오래된
인류의 원초적 놀이다.
절대로 안을 용납하지 않으려는 결기다.
오직 맞짱을 뜨기 위하여
다만 모서리를 죽여 왔을 뿐,
이제 결전만 앞두고 있다.
누구든지 덤벼보라.
내가 깨지든 네가 깨지든
둘 중 하나는 골로 갈 것이다.
그래서 더 두려움은 없다.
더러는 애꿎은 녀석이 맞아 죽으리라.
어디로 날아가든지
나도 깨지고
너도 깨질 것이다.
돌은 깨지기 위하여 돌이다.

꽃비

아예 두서도 없다.
올봄은 꽃들이 모두 환장하는지
예년 같으면 맨 처음 눈 속에 복수초가 노랗게 피고
매화, 산수유, 목련, 개나리, 진달래, 벚꽃, 배꽃, 복숭아꽃이 차
례로 피어
벌들은 꽃술 따러 바쁘게 순례하는데
올해는 유난히 난장판이다
어딜 가도 한꺼번에 꽃비가 날린다.
화개와 지리산 둘레길 곳곳마다
마치 보슬비가 내리듯, 함박눈이 휘날리듯
꽃보라가 하늘거리며 쏟아진다.
길 위에 꽃의 웃음소리가 깔깔거린다.
산이고 들이고 꽃비가 지천이다.

연

오늘 하루
그리운 날의 첫날이다.
첫날은 무수한 헛걸음 뒤에 찾아오는 것인가.
엎어지고 자빠지며, 때로 비틀거리며
여기까지 겨우 왔다.
어머니께서 내게 건네주신 연줄을
나 홀로 바르르 떨며
다시 감아올린다.
오늘 슬프다고 말하지 않겠다.
슬픔은 두고두고 아껴먹어야 할 그리움이므로
더는 울지 않겠다.
아득한 인연의 실
끊긴 날,
화장장 하늘이 깊도록 푸르다.
하늘가 연이 푸르르 진저릴 치며 날아오른다.

자전거를 타며

칠암동 남강가 청청한 대숲 근처,
산책길에서 늘 보던 자전거 대여점에 들러
오늘은 기어이 한 대 빌려 타는데
좌우 균형 감각이 떨어져 위태롭기 그지없네.
핸들을 꽉 쥔 손아귀에 힘이 들어
조금만 기울어지면 좌우로 흔들리고
어설프게 굴러가는 꼴을 보니
꼭 내 살아온 평생을 보는 듯하다.
어릴 때는 분간도 없이 천방지축으로,
젊어서 한 때는 좌로,
늘그막에 든 지금은 다시 우로,
갈 지之 자로 달려왔으니
우스꽝스러워 보이지 않나?
마음속으로 어설픈 모습을 숨기고 싶어서
머리 숙이고 차분히 타보려 해도
어쩔 수 없이 흔들리고 비틀거리다가
결국에는 땅바닥에 처박히고 말았다.
그냥 무안해서 헛헛한 웃음 날려보지만

언제쯤 흔들리지 않고 무심하게 탈 수 있을지.
자전거를 타면 바퀴살이 경쾌하게 구르며
차르륵, 차르륵, 옛 시절의 아릿한 영사기를 돌린다.
어린 추억의 푸른 시간 넘기며
은빛 바퀴살이 구른다.
낡은 시간을 밀어내며 힘껏 페달을 밟는다.
나의 남은 날들이여!
새로운 날 빛나는 순간을 맞받으며,
나는 달린다.

개똥쑥

개똥처럼 흔하다고
혹은 손으로 비비면 개똥 내음이 나서
사람들은 네 이름을 '개똥쑥'이라 부르지.
구질은 장마 뒤에 개똥쑥 줄기가 훌쩍 컸구나.
바랭이, 개망초와 뒤섞여 어깨 부비며
제 줄기에 새겨놓은 홈 타고 빗방울이 흐르네.
여름 산기슭, 잔가지 많이 뻗어 향기로운 냄새,
널리 널리 퍼져나가 온 산에 잠긴다.
약방문藥方文도 스스로 내어
약방의 감초 다음이었지.
아랫배가 살살 아프기 시작하면
구들구들하게 잘 말린 널 다려 마시면
금방 맑게 갠 하늘처럼 반짝,
마른버짐 생긴 얼굴에 꽃 활짝 피어났네.
개똥 내음 풍기는 골짝마다 다소곳한
그리운 누이 같은 풀이여!

예언자

새가 죽고
전화가 왔다.
택배가 분실되고
화분 속 숨겨둔 열쇠가 사라졌다.
연초록 새싹이 오다가 사흘을 지나자,
버티지 못하고 목을 꺾었다.
시들은 하늘이 더 가까이 내려왔다.
새가 죽고 호수가 메말라 바닥을 드러내고
인적 끊긴 마을이 점점 가라앉고
폐허에는 망령들이 줄지어 서있고
아이들은 보이지 않은 지 꽤 오래되었다.
새가 죽고
꿀벌도 사라지고
침묵의 봄은 잔인하다.

바다거북

파도가 달빛에 일렁이는 밤,
바다거북은 알을 낳기 위해서
까칠한 모래밭에 대가리를 박은 채
산란하기에 적당한 장소를 찾는다.
알은 포식자들의 좋은 먹잇감
대부분 껍질을 깨고 나오기 전에 잡아먹히지만,
이건 자연의 섭리다.
알에서 깨자마자, 백여 미터 떨어진 바닷가로
전력으로 질주해야하는 갓 태어난 순간,
새끼 바다거북에게는 생애 최초의 위기다.
모래 벌을 연약한 몸뚱이로 엉금엉금 기어간다.
아무데도 숨을 곳은 없다.
갈매기나 황새 같은 천적의 눈에 띄는 찰나,
짧은 생애는 끝장난다.
달의 인력에 밀려오는 물 내음 찾아
파도가 몰아치는 해변까지,
아! 생명의 거리는 너무나 아득하다.

바둑판 위에서

흑과 백이 엇갈리는
격자무늬 미로 같은 바둑판 위에
번갈아가며 서로 싸우는
시간에 쫓기는 말들,
하느님이 훈수할 짬도 없이
요리조리 집 평수 늘리기 위해 엎치락뒤치락
결국 모두 하나씩 죽어서 빈집을 채우네.
가로 19칸 세로 19칸, 모두 361칸
한 해 하루같이 낑낑대며
축으로 몰리다가 호구가 되지 않기 위해서
악착스럽게 수 싸움하며 차지한
어느 집이 최후의 안식처인가.

이상한 악수

무기를 숨기고 성난 얼굴은 잠깐 지운다. 다 지우고 나면 드디어 무거운 갑옷을 벗는다. 철저한 계산이다. 조금이라도 틈을 주면 내가 당할 것이다.

악수는 맨몸의 가시다. 도드라진 가시를 잠깐 살갗 속에 숨기고 부드러운 척, 다가가는 기술이다. 악수는 문명의 이름으로 빚어진 유적이다. 노예들의 죽음으로 세운 가공할만한 귀족의 놀이다.

악수는 저리 가라! 지금 가자와 우크라이나에는 악수가 필요하지만, 진정한 악수는 무기를 버리는 데서 출발한다. 악수는 빌미다. 악수하기 위해서 악수하지 마라. 악수는 그야말로 문명의 비극이다.

겨울 밤

먼 나에게 편지를 쓴다.
떠돌던 나라 어린 사람이 창가에 어른거리고
어딘가 소식이 마음 한편 두드리는데
싸락눈이 문풍지 사이로 후드득 들이친다.
정신은 꽝꽝 언 얼음장처럼 찬데
알 수 없는 먼 기억들로 들끓고 있다.
어디쯤 있을까?
그리운 어린 시절이여!
이 밤 고요히 내리는 눈,
그 소리 듣고 있노라면
드문드문 풍경소리 댕댕거리며 날 깨우네.
멀리 있어도 늘 그리운 언덕에 올라
아득한 이곳을 바라보고 있을까?
지금은 얼음처럼 차가운 소식일지라도
늙은 내가 어린 나를 그냥 보내지 않길 빌며
화롯가에서 나는 어린 나를 무릎에 앉히고
고운 머리칼을 쓰다듬어 주고 싶다.
철지난 시간을 위로하고 싶다.

영주호미

대장간에서 만든 영주 호미가
해외 쇼핑몰 아마존에서 대박이 났다.
ㄱ자로 꺾어진 모습인데
그 편리함과 튼튼함에 세계는 놀라 찬사를 쏟았다.
대장장이 석씨는 아마존이 뭔지도 모르는 사람이다.
"그저 아마존에 여행 갔다가 누가 강가에서 쓰는 걸 봤나…"
혼자 중얼거렸다.
호미 하나에도 장인정신이 빛난다.
무엇이든 외길로 가다보면 끝이 보인다.

오로라

누구라도 살아서 한번쯤
저리 춤추며 발광하여도 좋으리라.
하늘을 날 때 여전사 발키리가 입은 빛나는 갑옷,
너무 아름다워 천상의 커튼이라 부르지.
우주정거장에서 지구를 바라보면
초록빛 일렁거리며 극지방을 에워싸고
새벽이 오기까지 시간의 수레바퀴를 굴리며
마침내 온갖 색깔로 어우러져 황홀하다.
보라색 눈빛으로,
푸른 머리카락을 길게 늘어뜨리고,
노란 긴 치맛자락을 끌면서,
빨간 목도리를 날리며,
온갖 빛깔로 극지에 찬란한 꽃을 피운다.

민초民草*

풀이 선다
연약한 무릎으로 엉금엉금 기다가
드디어 동풍에 푸르른 창을 세우고 세상으로 나간다
매서운 바람에 쓸리어도
굴복하지 않고,
풀이 선다
풀은 언제나 일어선다
넘어지고 쓰러질 때라도 일어설 준비가 되어있다
풀은 한참을 흐느끼다가 불끈 주먹을 쥔다
꼿꼿하게 서서 서로 부둥켜안고 스크럼을 짠다
풀의 뿌리는 견고하다
서로 엉켜 떨어지지 않고
풀의 영토를 넓혀간다
풀이 선다

*김수영 시인의 탄생 100주년을 맞아 바치는 헌시다. '풀'은 민주주
 의다.

산수

    계림*은 수향水鄕이다. 물의 고을로 산수풍경이 절창이다. 그냥 시로 말하자면, 이백이나 두보의 당시唐詩에 버금가리라. 거울처럼 맑게 비치는 산봉우리는 부드러운 곡선을 타고, 유람하는 배들은 물살에다 흐름을 맡긴다. 가마우지 낚시꾼은 장대를 치며 연신 물고기 떼를 쫓아 가마우지 쪽으로 몰아온다. 목줄 매인 가마우지는 물고기를 잡아도 삼키지 못하고 어부에게 물고기를 토해낸다. 낚시가 다 끝나면 제일 좋은 고기 한 마리를 가마우지에게 던져준다. 노을이 번지면 천지가 붉은 깁으로 포근히 싸인다. 두둥실, 달 뜨면 덩달아 이강에 비친 달이 한 폭의 절경에 마침표를 찍는다.

    *계림桂林; 중국 광시 장족 자치구의 지급시의 명승지. 산수 풍광이
       제일이다.

꼰대 시인 감별법

체크리스트—당신은 꼰대 시인입니까?

1. 일단 독자를 만나면 명령문을 자주 사용한다.
2. 요즘 젊은 시인들의 시가 어렵다고 말하는데 주저하지 않는다.
3. 마치 가르치는 듯한 어조로 케케묵은 시구에 익숙하다.
4. 우연히 시모임의 상석에 앉은 후배에게 "비켜라"고 말하고 싶은 충동이 일어난다.
5. 후배 시인의 뛰어난 업적을 보면 반사적으로 무시하려는 경향이 있다.
6. "내가 너만 했을 때" 따위로 등단얘기를 자주한다.
7. 나보다 늦게 등단한 후배는 무조건 내리본다.
8. 셀럽이나 문단권력과의 사사로운 인연을 자꾸 얘기한다.
9. 한때 스스로 잘 나가던 시인이었다는 사실을 알려주고 싶은 마음이 든다.
10. 심사를 할 때는 주례사 비평하길 즐기다가 정작 자신의 작품에 혹독한 평론가는 두고두고 잊지 못한다.

아! 나는 어떤가? 꼰대 시인인가, 아닌가? 꼰대의 허울에서 벗어나려면 한참 멀다. 나의 애처로운 시여! 제발 꼰대에서 탈피하라!

월동기

새 떼는 애초에 정해진 방향이 따로 없다 새는 따로 무덤이 없
으니까 물론 주머니도 있을 리 만무하다 바람의 여비는 두둑이 챙
겼고 덤으로 깃털은 날렵하여 기류를 타는 데는 안성맞춤이리라
철새는 철마다 습관적으로 이동하다가 제 스스로 켕기는지 아무
곳이든 주저앉는다 나그네에게 계절은 냉혹하다 죽을 때가 되면
새는 절절하게 운다 빈 호주머니를 뒤집어 보이며 깃털 속에 고개
를 묻고 먼저 잠든다 계절이 바뀌고 나서도 한참 뒤에야 부고訃告
처럼 새 한 마리가 날아든다

걸레는 나의 힘

걸레를 빤다
한때 온갖 더러움으로 부끄럽던
나의 육신과 정신에 찌든 치욕과 허물들,
정갈하게 빤 뒤에 오늘 쨍쨍한 햇살에 말린다
내가 펄럭거린다
눈부신 날, 나는 걸레를 빨아 널며
분수에 넘치는 나의 생활을 있는 그대로 드러낸다
바짝 말리고 난 뒤
본래의 걸레,
그 정신으로 돌아간다
나는 걸레의 힘으로 오늘을 산다

한 호흡 사이

숨이 멎는 순간까지
우리는 숨 쉬며 살아간다.
호흡은 밥만큼이나 소중하다.
각자의 생명을 이어가며
서로 이름을 부르고 의미를 새기며
비록 완전히 알 수는 없지만 숨 떨어지기 전까지
희미한 존재의 그림자를 좇아간다.
숨이 멈추면 모든 것이 끝이라 생각해도
남은 흔적은 당분간 살아남을 것이다.
훗날 누군가 살아온 증거가 되어
흐릿하게 기억하리라.

목숨은 호흡으로
생명을 시작하고 이어가지만
그것으로 충분하지 않다.
아이는 살아가며 꿈을 좇아 의미를 찾는다.
우주의 중심은 배꼽이다.
어미의 탯줄은 아이와 이어져 있으므로

배꼽은 먼 별이 보내는 기적이며 축복이다.
삶이란 누가 대신할 수 없는 것
들숨과 날숨을 끊임없이 이어가는 것
세대를 넘어 살아야 하는 아이는
빛나는 별들과 눈을 맞출 줄 안다.
비록 연약하지만,
존재의 보석처럼 영롱한 별의 길을 따라가며
한때 기억은 잠시 끊어질지라도
우주의 호흡은 영원하리라.
길을 가는 동안,

낙서

배꼽 아래
육필로 낙서하지 말자

남의 벽에 몰래
괴발개발 써놓은 바람의 흔적들,
이제는 희미하다

무딘 육필마저
이제 절필할 시간이다

앵두나무 연서

외갓집 사랑채 돌아가는 돌담 곁에
수줍게 이스라지 열매 열렸구나.
꽃 다 지고도 시원한 그늘 만들지 못한 채
빨간 앵두는 달고도 새큼하였네.
해마다 농사철이면 고양이 손도 빌리는데
이웃이 서리해 따먹어도 별말 안하네.
앵두나무 우물가 동네 처녀 바람났다더니
총각이 무던하고 좋아 백년가약 맺었지만
처갓집 세배는 앵두꽃 꺾어 간다고 늦장부리다
오월 다 지나 늦은 세배를 갔네.
새 각시는 마음 섭섭해 문설주에 기대어
남 몰래 옷고름으로 서러움 훔치는데
뒷산 뻐꾸기는 왜 그리 울어대는지,
청승맞은 울음만 괜히 타박하다가
연분홍 봄날이 흘러가더라.

어릿광대의 독백

나는 꿈꾸었습니다.
'어린 시절부터 사람들과 어울려
배터지게 웃다가 한세상 잘 건너가리라'고
어느 날 무대공연을 시작하기 전
분장한 얼굴로 거울 앞에 섰습니다.
그때 비로소 깨달았습니다.
어린 시절 꿈과 현실이 아주 다르다는 걸,
나는 이미 내 얼굴을 잃고
가면을 쓰거나 짙은 분장을 한 까닭에
진정한 내가 사라져버렸습니다.
나는 어디에도 없고
다른 내가 거울 속에서 웃고 있습니다.
가면은 참 편리하지만 얼굴을 숨기고 잠깐,
남을 속이고 헛웃음으로 세상을 야유하니까
재미도 있습니다만, 그런데 지금 나는 없습니다.
나를 찾기 위해서 거울을 깨버리고
그만 무대에서 내려왔습니다.
분장을 박박 문질러 지우고 온몸을 씻습니다.

이제 내가 보입니까?
아직도 나를 찾아 헤매는,
물끄러미 나의 모습을 지켜보는
한 사람이 외로워 보입니다.
슬픈 눈동자로,
나를 우습게 바라보는 거울 파편들
수많은 내가 반짝거리며 깔깔대고 있습니다.
분열된 나의 조각들을 꿰맞추면
다시 어린 내가 되어 돌아갈 수 있을까요?
나를 찾아 헤매는 나는 과연 어디에 있을까요?
오늘 하루도 참 길군요.

분노하라

화가 나면 욕을 하든지
소릴 지르던지 그때마다 해소하라.
마음속에 억누르고, 숨겨두지 말고
밖으로 왈칵 쏟아라.
세상에 쟁여둔 상처 하나 없는 이가 어디 있으랴.
만약 지금까지도 말 못할 상혼이 깊이 있다면
준비 자세를 취하라.
수류탄의 안전핀을 뽑고
재빨리 저 마음의 살상범위 밖으로 힘껏 던져라.
남을 해치려는 것이 아니라
네 안의 분노를 안전하게 다스리기 위하여
사방으로 튀는 파편을 그대로 바라보라.
그 폭발음에 귀 막지 마라.
이제 그대의 상처는 산산이 부서져
허공에 사라졌다.
모든 감정의 찌꺼기는 이미 네 것이 아니다.
이제 남은 마음이 없다.

일기 日記

일기를 쓸 때 먼저 시작하는 건 날씨다. 대개 맑음이나 흐림, 비, 눈, 등인데 이제까지 일기를 쓰면서 한 번도 나에게 진지하게 물은 적이 없다. 거의 매일 기록하는데도 나의 상태가 어떤지 스스로 살펴본 적이 없다.

이제 비로소 제대로 된 일기를 써봐야겠다.

2023년 3월 11일 토요일

날씨 흐림.

나에게 묻는다.
오늘에야 일기를 쓰며 처음으로 묻는다.
나의 일기는 맑은가?
아니면 흐린가?
반성한다.
아직도 흐린 날이 계속되고 있다.
나는 흐린 날이 태반이다.

꼬리뼈의 기원

아파 누운 지 오래된 요즘 꼬리뼈 주위가 딱딱하게 굳어버렸다.

아득한 신생대였을까? 꼬리뼈를 출렁거리며 사냥을 하던 원시의 시간들, 그런데 지금은 퇴화되어 흔적도 없다. 두 발로 걷는 사람들아, 우리도 꼬리 늘어뜨리고 기어가던 때가 있었네.

꼬리뼈는 척추의 마지막 뼈, 지금은 아무짝에도 쓸모없다지만 이게 있기에 척추를 곧추세우고 앉을 때는 앞과 뒤의 균형을 맞추고, 꼬리뼈로 몸의 중심을 받치고 뱃속에 든 오장육부를 견디지 않느냐?

머리는 앞에서 현실을 판단하지만 꼬리는 뒤에서 그림자를 다스린다. 꼬리뼈는 그림자와 짝지어 죽을 때까지 두개골과 함께 움직인다. 꼬리뼈에서 두개골까지, 일체가 되어 모든 척추동물은 완벽하게 일사불란하다.

누가 꼬리뼈보다 충직한가? 늘 뒤에서 없는 듯 묵묵히 따르지만 네가 흘린 온갖 허물을 낱낱이 기억한다. 꼬리뼈는 비록 퇴화

된 눈이지만 누구라도 뒤를 주는 동안, 뒤통수가 근질근질 가려운 순간, 눈동자 없이도 중심을 잡는다.

꼬리뼈는 제2의 눈이다.

흑인 여가수, 시몬*의 노래

나는 검은 피부를 가진 여가수,
처음 겉모습 보고 부정하고 차별하며
피부색 따라 날 평가하고 깔보지.
그저 자연이 부여한 한갓 살색일 뿐인데
왜 이다지도 다른 삶을 살아야 하는지.
백 년 전 노예로 끌려온 조상들,
물려받은 곱슬머리와 검은 피부를 난 사랑하지만
세상은 너그럽게 그것을 받아들이지 않네.
오늘 밤도 찬란하게 비치는 무대 위에서
어둠 속에 빛나는 별처럼
나는 구슬픈 노래를 부르네.

"나는 절대 지지 않아.
주눅 들어 뒷걸음질 치거나 사라지지 않아.
아무리 검어도 밝은 빛으로 세상을 비출 거야.
밤하늘을 바라봐.
검게 물든 밤일수록
더 많은 별들이 환하게 어둠을 밝힐 거야.

그래, 내가 바라는 것은 단 하나
우리 모두 서로 다른 색깔을 가지고 있어도
저 무지개처럼 서로 아름답게 어울려
차별하지 않고 존중하는 세상이면 좋겠어."

*니나 시몬(Nina Simone, 1933~2003); 미국의 재즈, 블루스 싱어송
 라이터 가수. 흑인민권운동에 중추적 역할을 했다.

기린의 목은 슬프다

사람들은 생각의 틀에 갇혀 산다.
기린의 뿔을 대수롭지 않게 여기지만,
그 목을 보면 너무 길어 슬프다고 말한다.
높은 곳까지 먹이를 얻기 위해서
자연 그대로 우아하게 길게 뻗은 목,
기린은 억지 부리지 않고 그대로 받아들인다.
공중에 높이 뻗은 목을 흔들며
미모사 풀을 뜯어 먹느라 하루를 보내는
기린은 버거운 목 때문에 늘 혈압이 높다.
중력을 거슬러 머리까지 피를 보내야 하고
머리와 다리는 다른 동물보다 길어
생각하는 시간을 좀 더 가지기 위한 것,
그래서 기린은 지혜로운 사상가다.
가늘고 긴 앞다리는 평소에 느리지만
쫓길 때는 매우 빠르게 달릴 수 있다.
사람들이 잘 모르는 기린의 마음을 아는가?
슬픔보다는 자신감에 찬 우아한 자세,
뿔이 있어도 뽐내거나 거들먹거리지 않는

기린은 고결한 마음을 지닌 철학자다.
무관의 제왕인 우리는 얼마나 교만한가?
내세울 것 없는 사람들이여!
얼마나 주제넘은 일을 하는지
제 키가 커서 다른 이의 머리 위에 있더라도
제발, 자만하지 말고 스스로 돌아보면 어떻겠나.
기린은 긴 목으로 높은 나무 꼭대기에 다가가지만
높은 곳에서도 겸손함을 잃지 않네.
사람들아, 부디 너무 뽐내지 말게.
다만 낮은 곳에 있을지라도
자신감을 잃지 않길.

질문

목장은 억압을 상징한다.
우리 안은 평화롭지만 치열하다.
목초는 양의 양식이지만
양몰이 개에게는 전장이다.
한정된 풀뿌리를 다 파먹지 않게 양떼를 몰아가야
양몰이 개는 제 할 일을 다 한다.
양떼는 풀을 뜯어먹어야
양털과 고기, 젖을 제공한다.
이렇게 정교하게 설계한 까닭에 목장은 잘 돌아간다.
사람 사는 세상도 알고 보면 이와 같다.
나는 양인가?
나는 양몰이 개인가?
나는 풀인가?
나는 주인인가?

불어터진 생애

어이! 친구여!
자네 뒤에 남겨놓은 게 뭔지 생각해 봐,
오늘도 아찔한 다리 난간에서 서성이는 사람들아!
무심하게 흐르는 강물처럼
그대 삶의 이야기도 그렇게 흘러 보내느냐?
불러도, 불러도, 어느 누구도 응답하지 않는다.
친구여! 불러보고 싶어도 친구가 없다.
도시에는 친구가 없다.
벽과 벽 사이에 이웃이 사라졌다.
홀로 속 끓이다가 홀로 불어터진다.
이제 고독은 곳곳에서 불어터진다.
무자비하고 냉담한 시선의 교각 아래
허연 배 뒤집고 둥둥 떠 있는 물고기처럼,
빛바랜 영정사진이 불어터져
물살에 처박힌 채 출렁거리고 있다.
한때 독거노인으로 살다가
무연고 행려병자로 세상의 강물에 떠밀려온
사진 속 남자가 빙긋이 웃고 있다.

정의란 무엇인가?
―부르짖는 자보다 실천하는 자의 편이다.

옛날 어느 숲속에 사자, 호랑이, 코끼리가 살았습니다. 이들은 늘 서로 경쟁하며 누가 더 강하고 멋진지 자랑하곤 했습니다. 하루는 강가에서 함께 어슬렁거리다가 물 위에 떠있는 작은 나뭇가지를 발견했습니다. 사자는 이걸 주워 말했습니다.

"나는 이걸로 강을 건너갈 수 있다. 내가 가장 빠르고 강한 동물이니까!"

그러자 호랑이가 반박하였습니다.

"나도 그걸로 강을 건널 수 있다. 난 너보다 더 빠르고 더 용감한 동물이니까!"

말없이 이를 묵묵히 지켜보던 코끼리는 그걸로 강을 건널 수 없다는 걸 알고 있었습니다. 단순히 강을 건너는 데만 집중할 게 아니라, 더 큰 목표를 이루기 위한 방법을 찾으려고 노력했습니다.

이윽고 코끼리는 나뭇가지로 다리를 만들었습니다. 그리고 그

다리 위를 천천히 걸어서 강을 건넜습니다. 이를 본 사자와 호랑이는 깜짝 놀랐습니다. 그들은 스스로 부끄러웠습니다. 큰소리치며 얼마나 좁은 시야를 가지고 있었는지 깨달았습니다.

시간의 문

태어나자마자 문을 열고 나가고,

살아있는 동안 쉬지 않고 문이 펄럭거린다. 시간은 얼마나 잔인한가? 누구도 그 무엇을 찾지 못했다. 문을 수없이 열고 닫아도 쓸모없는 것들을 쫓다가 결국 아무것도 얻지 못하였다. 냉혹한 운명의 바람에 흩날리는 모래처럼 아무도 말하지 않은 저 허공을 붙잡기 위하여, 해와 달은 지치고 별들은 눈을 감는다. 어떤 삶이든 끝없이 흐르는 시간 속에 황무지처럼 홀로 버려졌다. 여기는 고요하지만 죽음이 끊임없이 찾아온다. 죽음의 그림자가 오싹하다. 누가 미친 듯이 달리면 그림자는 더 빨리 뒤따라 잡는다. 모두 끝없이 달리고 있지만, 이미 그림자는 앞을 추월하여 뒤돌아보며 웃고 서 있다. 곧 몸은 지쳐 쓰러지리라. 아끼며 세운 모든 것은 무너지리라. 하지만 살아남기 위해서 죽을힘을 다하여 쉬지 않고 달려야 한다. 어차피 도착할 곳도 없겠지만,

죽음은 지긋지긋한 문 앞에 서있다.

제5부

설중매雪中梅

먼 곳으로 마음 달려가지만
이 한 철은 선방 창가에서 묵언 수행중이다
봄은 어디서 길을 잊었는지
막 꽃망울 맺기 전
매화는 그리움의 잔향만 잔뜩 피우다가
죽비소리에 겨우내 든 잠을 털어낸다
애처로운 임의 얼굴처럼
기억을 감싸 안으며 눈 내리는 저녁
벌겋게 달군 화로에
눈꽃송이 하염없이 뛰어드는데
마음 깊은 곳에 흘러내리는
저것은 눈, 물인가
눈물인가

지게

고향집 머무는데
헛간에 기댄 지게가 자꾸 눈에 밟힌다.
햇살 늘어진 툇마루에 앉아 그 내력 살피니,
지금 헤진 몰골로 수척해진
주인 잃어 밀빼*가 삭아 너덜거리지만,
그동안 지고 나른 짐 어디다 부렸는지
한때는 팽팽하게 저 산길 무수히 오르내렸으리라.
텅 빈 지게를 보고 있자니
꼭 날 보는 것 같아 괜히 외면하고 싶지만,
방문만 열면 네가 눈에 들어와 피하기도 어렵다.
지금 허공을 지고 있는 네가
이제까지 허공을 지고 온 나를 안쓰럽다는 듯,
내 어깨에는 아직도 져다 날라야 할 짐이 남아있다.
무엇보다 최후에는 나를 짊어져야 하겠지만
그때까지는 지게작대기로 중심잡고
근근이 두 발로 버티리라.
나를 지고 가는 네가
허공을 지고 가는 나와 함께

가끔은 고갯마루에서 한숨 돌리며
지나온 길 돌아보게 되리라.

*밀삐; 지게를 지는 끈.

잔인한 봄

화창한 봄날이다.
햇살 좋고 바람 살랑살랑 부니
이보다 좋을 수는 없다.
방금 노랑나비 한 마리 꽃술에 앉아
꿈결을 더듬다가 무릉에 가닿았다.
작은 날개 팔락, 팔락, 두어 번 젓다가
그만 거미줄에 걸렸다.
멀찌감치 줄에 매달려 먹잇감 노리던
까만 거미가 천천히 다가와
날개를 찢어서 먹기 시작하였다.
잠시 적막한 하늘이 진동한다.
적멸도 아름다운 봄날,

어떤 돌

체로키 인디언에게 종족의 보물이 있습니다. 마음 아픈 사람이 가슴에 얹고 있으면 낫는다는 신비로운 돌입니다. 한때 인디언 처녀가 시름시름 많이 아파 추장에게 가서 치료를 받았지만 낫지 않았습니다. 그때부터 돌은 무시당하며 인디언 마을 한구석에 처박힌 채 그 존재가 영영 잊혀져갔습니다. 믿음을 잃어버리면 존재마저 부정당합니다. 돌은, 적어도 마음에 얹은 돌은 그 마음을 위하여 내려올 줄 알아야 합니다. 설령 마음에 꽃을 얹은들 마음이 나았을까요? 인디언의 돌은 마음에서 내려와 홀로 아파하기 시작한 것입니다.

오감도
―평론의 종말

13인의 아해가 도로로 질주하오.*
(길은 막달은 골목이 적당하오.)
제1의 아해가 무섭다고 그리오.
까마귀가 까막눈으로 읽는,
제1의 아해로부터 제13의 아해가
지껄이는 소리를 얼마나 이해할 수 있는지,
낯선 골목길을 달리며
제각각 다른 시선에서 읽을 뿐,
앵무새가 되어 따라가면 얼마나 삭막하고 답답한가?
평론의 난해함을 누가 일찍이 말한 적 있던가?
가르치고, 난삽하고, 주례사 같고,
때로는 정신분석 같고,
과연 평론을 평론할 수 있는가?
나는 평론을 달지 않는다.
내 시집은 늘 소통 부재의 불량품이다.
그래도 기꺼이 시의 눈 밝혀놓고
오로지 독자의 상상을 기다린다.
누구든지 내가 가꾸어놓은 화원에 들러

꽃이나 풀, 나무, 바위나 하늘과 통화하고
제 시선으로 즐길 수 있을 만큼 실컷 즐기다가
인사도 없이 훌쩍 떠나버려도 좋다.

*이상의 시, '오감도'에서 따옴.

반역

　반지하는 도시의 섬이다. 유배된 하류는 퀴퀴한 냄새가 진동하였다. 옆집에서 웅성거리는 소리가 나고 유품정리업체가 왔다. 엉겨 붙은 묵은 원고지 더미에 백골이 된 주검이 드러났다. 고인은 이승의 마지막 며칠을 끙끙대다가 파리하게 말라 굶어죽었다. 죽고 나자, 한 평론가가 무명의 작가를 추켜세우는 뒤늦은 평판을 쏟아냈다. 빛 좋은 개살구마냥 드디어 호화 장정한 유고시집이 세상에 나왔다. 여기저기 추모 세미나가 열리고 베스트셀러가 되었다. 주례사보다 장황한 비평을 억지로 삼키느라, 죽은 시인의 목구멍에서 하얀 피가 거꾸로 솟아올랐다.

희망 복용법

원료 및 함량

삶의 농축액, 국산 100%

효능

불행을 정제하여 삶의 의욕을 높이는데 탁월한 효과를 기대할 수 있지만, 너무 의존하면 자칫 희망고문이 되어 역효과를 낼 수 있습니다.

섭취량

성인 1일 1회 3g을 온수에 타서 직접 섭취하십시오. 특이체질 및 알레르기 체질의 경우 드물게 우울하고 불행한 느낌을 갖는 명현반응이 있을 수 있으므로 주의하여 섭취하십시오. 매일 기도와 명상을 한 후에 복용하면 효과가 증대될 수 있습니다.

보관상 주의사항

공포와 불안의 직사광선을 피하여 평화로운 실온에 보관하십시오. 일단 희망을 개봉한 후에는 마음을 막고 있는 마개는 버리시고 끈기와 용기로 두려움의 뚜껑을 닫은 뒤에 반드시 냉철한 이성으로 냉장 보관하십시오.

카멜레온

현란한 숲의 마술사다. 돌출한 눈은 사각지대가 없다. 눈꺼풀은 늘 작은 구멍이 뚫려있어 적을 살피는데 능란하다. 두 갈래로 갈라진 발은 나뭇가지를 잡는데 알맞고, 제 몸보다 길게 늘어나는 혀로 흡반처럼 먹잇감을 낚아채 사냥한다. 피부색을 바꾸는 게 아니라 반사되는 빛의 색을 바꾸는 위장술은 단연 최고다. 그래서 '카멜레온 같다'고 사람들은 말한다. 어쩌면 중국의 변검을 공연하는 배우를 닮았다. 너를 두고 세상은 오해한다. 변신에 능한 데다 처세에도 능하다고. 하지만 너는 자연에 적응하여 화려한 변장술로 겨우 숲에서 살아남았을 뿐.

바닥

더 내려갈 곳 없어야
비로소 바닥이다
바닥에 내려가 보지 않고
바닥을 함부로 얘기하지 마라
바닥에 떨어져야 일어설 수 있다
바닥은 무르팍이다
삶이 버티고 일어서는
마침내 죽어서야 닿는
천하의 명당이다

반성

지금 어디 있을까?
내가 뿌린 자잘한 사금파리들,
흙 속에 묻히거나 타인의 생각 깊은 곳에 남아
햇살에 반짝거리는 날카로운 파편들,
나의 무서운 흔적들이다.
생각하면 끔찍하다.
벽 속에도, 하늘에도 눈이 있다.
사금파리들은 세상의 눈에 난반사되어
분신이 되어 울고 있다.
뼈아픈 회한과 지난 허물이 되어
지금도 길에서 더욱 반짝거리며
밟을 때마다 상처가 되고 피를 흘린다.
백 사람, 천 사람의 뇌리에 박혀있는
기억의 파편들을 다 합하면 지금의 내가 될 것이다.
얼마나 무서운가?
나는 완벽하게 재현될 수 있을 것이다.
어디 머리카락 한 올이라도 숨길 수 있을까?
사금파리들은 지상에서 뒹굴며 나를 부른다.

나를 향하여 달려들며 끈질기게 날 불러 세우고
영혼에 무자비하게 흩뿌린다.
따갑고 아픈 고통의 시간,
움직일수록 더욱 맨살에 와 박히는
나의 사금파리들,

신발 끄는 소리

환청인가
백일몽을 꾸는가
사방에서 신발 끄는 소리가 들린다.
마치 예언자가 다가오는 듯
내 마음 깊은 곳으로 숨어드는
지긋지긋한 소리,
같은 듯 다른 소리로 질질 끌고 오는
저 신발소리,
누가 신고 있는 신발인지,
도대체 짐작조차 할 수 없는
거대한 빛을 거느리고 오는
저 무시무시한 신발 끄는 소리,
운명을 송두리째 낚아채는
신발 끄는 소리.

시인의 묘비명

무관의 계관시인이 죽었다.
공원묘지에 칙칙한 빗돌 하나로 남아
단 한 줄로 그간의 생애를 말해줄 뿐,
낡은 이미지만 문신이 되어
최후의 관에 들어가 안식을 누린다.
누가 무덤에 침을 뱉는가?
세상의 외진 구석에서
하늘구름의 시집을 넘기며 웅얼거린다.
흐느끼는 소린지 바람의 소린지
아무도 찾지 않는 불모의 황무지에서
슬픈 휘파람 소리 빠르게 사라진다.
얼마나 더 쓸쓸해야 하는지
시가 죽은 세상에서,

겨울 밤

개울에 얼음장 깨지는 소리,

눈 그치면 방금 닿을 듯, 인가에 며칠 동안 막힌 눈 때문에 길이 막히자 고라니와 멧돼지조차 발자국만 남기고 마을에는 얼씬도 하지 않는다

건너 산에 간간이 부엉이 우는 소리,

눈 내리는 밤하늘은 어둠에 잠기고 앙상한 나무들은 이미 눈 속에 파묻힌 채 세상은 한없이 겨울의 수면 아래 가라앉고 있다

방안에 오래된 가구가 틀어지는 소리,

무료함을 달래는지
마른 나무가 죽어서도 소리를 지른다
아무 생각 없는 사물도 신음하는지
희미한 기억 따라 안에서 소리치고 있다

얼어붙은 암자
폭설에 겨운 솔가지 부러지는 소리,

적막한 겨울의 뼈가 하얗다

2호선

불교대학 강의 끝내고
지하철 2호선을 탄다.
노곤한 몸 꾸벅꾸벅 졸며 꿈꾸다가
비몽사몽간에 목적지 놓치고
빙빙 돌아 낯선 역에 도착하고 말았다.
방금 환승역에 잠시 정차하고 나서
곧장 다시 순환열차는 출발하고 있다.
고해를 떠도는 중생이 되어
나는 지옥철을 타고 어디론지
이름 모를 역으로 끊임없이 달리고 있다.
다람쥐 쳇바퀴 돌 듯
윤회의 지긋지긋한 되풀이,
가련한 나는 꼼짝없이 걸려들었다.

마지막 시집

늘그막 죽기 전이니
시 한 줄이라도 제대로 새겨야지.
옴팡진 나의 생각에 수저는
오늘도 부지런히 나에게 밥 떠먹여주네.
머리털 하얗게 서리 내리고
이빨 군데군데 빠져 애처롭지만
이 나이에 젖니처럼
시가 새록새록 돋아나네.
하지만 어금니 몽땅 빠진 마지막 시집에
제 소리 한번 내지 못하고
여전히 헛소리 가득 새고 말았네.

자화상

구겨지고 찢어진 날개 달고
한목숨 끙끙거리며 겨우 부지하고 살아왔지만
더러운 생은 아니다
구질구질하고 남루한 길을 걸어와도
혀끝에 단내 풍기며
마음에는 숱한 지옥을 거쳤으리라
누가 너의 생애를 깔보느냐
아무도 그럴 권리가 없다
일생은 상처와 회한으로 뭉쳐진 바위 속이다
절대로 바짝, 깨어지기 전에는
그 안을 볼 수 없는
맹목적이고도 배타적인 영혼의 영토니까
이제 나의 길을 끝내기 전,
홀로 깃발을 세운다
혁명이 펄럭인다

나는,

자유의 날개로 비상하는 새가 된다

침류정*에서

물소리 베고 누운
뒷간 대숲은 묵서 중이다
곧은 붓 끝을 잡고
한 생각 일필로 긋고 나면
뻐꾸기 울음소리가
산 그림자 한 장 물고 내려온다
소학을 따라 읽던 들보 파르르 떨며
진눈깨비 쓸리는
어스름 무렵,

*침류정枕流亭은 경상남도 밀양시 단장면 사연리에 있는 재사이다.

통도사 적멸보궁

저건 그냥 색깔이 아니다.
그렇다고 그만한 허공도 아니리라.
장인의 혼 살아 숨쉬는
꽃살문 문양을 보면,
연화문 틈새로 들이치는 빛으로
견성見性의 문을 활짝 열고 들어가
그리운 부처가 되고 싶다.
굳이 단청까지 할 게 무어냐?
세월에 푹 삭아 있는 듯 없는 듯
소박한 듯 어눌한 듯
그만해도 좋아라.

도둑일기

그 여자가 털렸다.
가장 내밀한 방에 불쑥 숨어들어
그야말로 무서운 흉기로
도둑은 단지 물건만 훔친 게 아니라
그 여자의 정신까지도 몽땅 훔쳐 사라졌다.
열 달이 지나자,
그 여자가 도둑의 씨를 털어냈다.
그야말로 사랑스러운 보물이다.
도둑은 단지 꽃씨를 뿌린 것일 뿐,
그 여자의 행복까지도 미리 돌려주었다.
그 여자는 털렸다.

가을 산책

가을빛에 온몸 벌거벗은 나무. 아름답지만 슬픈 표정이다. 나는 오래 동안 나무로 서있다. 울긋불긋한 감정의 잎 다 떨구고 비로소 온전히 뼈만 남은 채 일체의 수사나 수식도 버리고 가을 오면 산책을 나선다. 숲은 깊고 그윽하지만, 이 길이 끝나고 나면 어디론가 이어지는 길이 또 있을까?

이제 더 이상 울지 않겠다. 나는 가만히 눈감고 앞서 걸어가는 나를 천천히 뒤따라간다. 영원히 사라지지 않을 불멸의 순간을 붙잡기 위해서 다시 너를 기다릴 수 있을 때까지, 나는 한 그루 나무가 되고 싶다. 하염없이 기다리는 너를 위하여 울창한 숲을 이루고 싶다.

깊고 어두운 숲. 무서움이 왈칵 쏟아진다. 힘든 길이 이어질지라도, 천둥치고 비바람 치는 무시무시한 밤이 오더라도, 한 그루 나무가 되어 너를 기다리고 있겠다. 사방에 활짝 팔을 벌리고 널 껴안을 그날을 위하여, 나는 오늘도 너를 기다리고 있겠다.

쓰레기통

습관적으로 널 본다.
보는 방식이 영 맘에 들지 않지만
네 속에 든 걸 무시하고,
더럽다거나 쓸모없는 것들로 가득 찼다고 치부한다.
늘 한 자리에 앉아 무얼 그리 골똘히 생각하는지,
네 생각을 도통 짐작할 수 없다.
특히 네 안에 오래 고여 있는 침묵
너는 어떻게 견디는지.

네 안에 쑤셔넣은 나의 오물들,
불현듯 지금 나는 네 입장이 되어본다.
내 안은 얼마나 지저분한가? 얼마나 더러운가?
나를 스스로 말끔하게 비워본 적 있던가?
방금 나에게 묻는다.

나는 부끄럽다.
썩 내키지 않지만, 나는 고백해야 한다.
나는 습관적으로 쓰레기통이 된다고,

세상 사람이 원하는 것

$ Rs ₵ ¥ ₩ F

m ₮ £ ₱ ₢ K

이것은 무엇일까?
많으면 많을수록 좋고
없어서는 하루도 살 수 없고
혓바닥보다 매끄럽고
사람을 죽이고 살리기도 하는 요물인데
가지면 가질수록 더 가지려고 하고
심지어 귀신도 움직이게 하는
늘 불안하게 지켜야하는
돈, 돈, 돈이여!

사람들아!
세상 살아가는데
이것이야말로 가장 낮은 것인 줄 알아야 하네.
이놈 이고지고 높이 여기고 살다보면
도통 사람이라곤 뵈질 않지.

고니를 따라가다

방죽 근처 갈대 우거진 여울목,
고니 떼가 옹기종기 모여
물살을 가르며 헤엄치고 있다.
가끔 서너 마리씩 낮게 날아
하류로 옮겨 앉기도 하고
깃털을 다듬기도 하다가
부리를 물속에 처박고 먹이를 낚아챈다.
푸드득, 푸드득, 수면을 스치듯 줄지어 달리다가
물수제비뜨듯 물방울 튀기며 낮게 날아오른다.
순간 물에 비친 산이 파열한다.
다시 산의 모습이 고요해지자
고니 두 마리가 천천히 물살을 가르며
마주 보며 다가오고 있다.
부리를 서로 맞대고 구부러진 목덜미,
두 눈동자가 고즈넉한 물빛에 아롱져 눈부시다.
사랑의 날갯짓으로
완벽한 하트 모양을 그린다.

잠깐,
살짝 눈 돌린 산 그림자 일렁인다.

인레 호수의 아이들

퐁당! 퐁당!
푸른 물속에 자맥질하는
발가벗은 아이들아!
햇볕에 까맣게 타는 줄 모르고
하루 종일 물놀이하네.

순천만국가정원 꽃탑

ℒ
ℒℒℒ
ℒℒℒℒℒℒ
ℒℒℒℒℒℒℒℒℒ
ℒℒℒℒℒℒℒℒℒℒℒℒ
ℒℒℒℒℒℒℒℒℒℒℒℒℒℒℒ
ΥΥΥΥΥΥΥΥΥΥΥΥΥΥΥ

꽃이다.
보는 그대로 다 꽃이다.
주고받는 그대로 다 꽃이요
시들거나말거나 다 꽃이 되니
우리 모두 꽃이다.
꽃이다.

물새 발자국

평생 떠돌며 밥을 빌었다
주림이야 일상다반사,
뱃가죽은 늘 홀쭉한데다
비쩍 말라 첫눈에 보아도 꾀죄죄하다
높은 누대에 흥청망청한 양반 잔칫상
먹다 남은 비린 생선 한 토막 비느라고
꼬린 내 나는 가랑이 밑에 출랑대는
개망나니는 단연코 되지 말자,
차라리 굶주림을 견디는 물새야!
강물에 이는 윤슬처럼 서럽도록 눈빛 영롱한
너는 물의 시인,

비록 부리는 연약하고 깃털은 가벼우나
마음은 산처럼 높고 바다보다 깊다
세상이야 잘 모르지만 오직 스스로 자부하니
기개는 하늘을 찌르고도 넘친다
한 줄 시 흉중에 아껴두고
매일 홀로 강가에 앉아
모래 위에 시를 새겼다가 지운다
강물이 속으로 한참 울고 나면
젖은 모래에 시의 발자국이 찍혀있다

초롱초롱한 눈빛

Ö Ö Ö Ö Ö Ö
Ö Ö Ö Ö Ö Ö
Ö Ö Ö Ö Ö Ö

폐교 직전
초등학교 교실
아이들 눈은 별이다.
저 수많은 호기심은 다 초롱초롱한
별의 눈빛이다.

올챙이

 “ “ ‘ ’ “
 ’ “ ‘ ’ ’ “ ‘ ’ ’ “ “
 ’ “ ‘ ’ ’ ’ “
 ’ “ “ ‘ ’ ’ ‘ ’
 ’ “ “ ‘ ’ ’ ’ “ ‘ ’ “ ‘ ’ ’ ’
 “ ‘ ’ ’ ’ ’ “ ‘ ’ ’ ‘
 ’ “ “ ‘ ’ ’ ’ ‘ “ ‘ ’ ’ ’
 “ “ ‘ ’ ’ ’ ’ “ ‘ ’ ’ ’
 ’ “ ‘ ’ ’

고물고물,
작고 새까만 눈들이 바글거린다.
수많은 쉼표들!
논물에 둥둥 떠다닌다.

이 빠진 책장

책　책책책책　책책책
책책책책책　책책책책
책책책　책책책책책책
책책책책책책　　　책
책책책책　책책책책책

한동안 답답하였다.
빽빽한 서가는 늘 골칫거리다.
오늘 먼지를 털어내고
오래 동안 보지 않는 책을 정리한다.
몇 권이 빠져 나간 자리,
그나마 이제는 숨을 쉴 것 같다.

오리 떼

乙 乙 乙
　乙 乙 乙 乙　乙 乙 乙
乙 乙
　　乙　乙 乙
　　　　　乙 乙 乙 乙 乙
　　乙 乙 乙 乙 乙
　　乙 乙 乙 乙 乙

신필神筆이다.

오리는 죽도록 한 글자만 쓴다.

게다가 흔적조차 남기지 않고

온몸으로 물 위에 쓰다니,

이상원(zenlotus3@gmail.com)

경남 산청에서 나서 시인, 번역가로 활동하며 초명암에 안거중이다. 남명문학상 신인상을 수상하여 등단하고, 서사시집『서포에서 길을 찾다』로 제2회 김만중문학상 대상을 수상했다. 시집으로『풀이 가는 길』,『여백의 문풍지』,『만적』,『소금사막의 노래』,『벌거벗은 개의 경전』,『마음의 멧목 한잎』,『침묵의 꽃』,『울음의 무게』,『정중무상행적송』,『초명암집』,『우주먼지에 관한 명상』이 있고, 역·편저로『하원시초』,『노비문학산고』,『기생문학산고 1, 2』,『불타다 남은 시』,『무의자 혜심 선시집』,『스라렝딩 거문고 소리』,『미물의 발견』,『동창이 밝았느냐』,『초명암 우화 꽃밥』,『초명암 우화 내 탓이오』,『역주 광운집』등이 있고『우리말 불교성전』을 펴냈다.

세 상 사 람 이 원 하 는 것
What the World Wants

| 초판 1쇄 인쇄일 | 2024년 07월 04일 |
| 초판 1쇄 발행일 | 2024년 07월 15일 |

지은이	이상원
펴낸이	한선희
편집/디자인	이보은 박재원
마케팅	정진이 정구형
영업관리	정찬용 한선희
책임편집	이보은
인쇄처	으뜸사
펴낸곳	새미

등록일 2005 03 15 제25100−2005−000008호
경기도 고양시 덕양구 권율대로 656 클래시아더퍼스트 1519호
Tel 02)442−4623 Fax 02)6499−3082
www.kookhak.co.kr
kookhak2010@hanmail.net

| ISBN | 979-11-6797-165-4 *03810 |
| 가격 | 17,000원 |